BAJO LA LUNA MALDITA

BAJO LA LUNA MALDITA

Ing. César Alfonso Villarreal Urbina

Bola
PUBLISHING
INTERNACIONAL

Hola Publishing Internacional
Eugenio Sue 79, int. 4, Col. Polanco
Miguel Hidalgo, C.P. 11550
Ciudad de México, México

Primera edición, marzo 2025
ISBN: 978-1-63765-691-4
Número de control de la Biblioteca del Congreso: 2024920483

A mis valientes padres, Alberto y Dora Nelly.
En un mundo donde la oscuridad acecha y los horrores
se ocultan entre las sombras, ustedes siempre han sido
mi luz y mi refugio seguro.

Esta novela, llena de misterio y terror, es un tributo
a su coraje y a su amor inquebrantable.

Gracias por enseñarme a enfrentar mis miedos
incluso cuando la luna llena despierta a las bestias
que acechan en la noche.

Con todo el amor y la admiración del mundo.

ÍNDICE

PRÓLOGO

En las sombras de la ciudad de Monterrey, donde el majestuoso Cerro de la Silla observa con semblante solemne, una antigua maldición despierta de su letargo.

Desde tiempos inmemoriales, los ecos de leyendas oscuras han resonado en los callejones estrechos y en los rincones ocultos de la urbe. Ahora, la bestia emerge con su feroz rugido bajo la luna llena. Su sed de sangre es insaciable.

Los habitantes sienten el terror acechante, pero ignoran su origen. Pronto, una danza macabra de muerte y miedo se desatará, arrastrando a quienes se atrevan a desafiar su destino.

El aire denso de la noche acaricia los tejados con un susurro inquietante mientras las calles parecen encogerse bajo el peso de secretos oscuros. Los faroles proyectan sombras alargadas que juegan a esconderse, como si temieran lo que acecha en la penumbra. Los aullidos lacerantes resuenan en los oídos de quienes se aventuran a salir tras el toque de queda autoimpuesto por un miedo sin nombre.

Algunas almas valientes hablan en susurros de avistamientos, de una figura sombría que se desliza por los parques y callejones, con ojos incandescentes que arden como llamas de un infierno olvidado. Los relatos de asesinatos sin resolver se multiplican y las autoridades locales parecen impotentes ante lo que se oculta en las sombras.

Sin embargo, aún hay quienes buscan respuestas, quienes desafían la oscuridad con linternas en mano y un valor que roza la insensatez. La luna, siempre vigilante, observa desde su trono celestial, testigo de lo que está por venir. Los latidos de la ciudad se aceleran y una verdad inquietante comienza a surgir: la maldición no sólo es leyenda, es una amenaza real que se cierne sobre todos.

PRIMERA PARTE
EL DESPERTAR

LOS PRIMEROS SÍNTOMAS

Miguel abrió los ojos en medio de la noche, su respiración entrecortada resonando en la oscuridad de su habitación. Una inquietante sensación de malestar lo envolvió mientras se incorporó en la cama, sintiendo el sudor frío que empapaba su piel. La pesadilla había regresado, mostrándole visiones perturbadoras que lo dejaron con una sensación de horror indescriptible.

Los sueños eran cada vez más vívidos, como si estuviera viviendo una pesadilla despierta. En ellos se veía corriendo por los estrechos callejones de Monterrey, sus pies golpeando el empedrado mientras era perseguido por una criatura sombría. Los destellos de luna iluminaban a la bestia que lo acechaba, revelando un ser mitad hombre, mitad lobo, con ojos brillantes y colmillos afilados. Miguel trataba de escapar de su perseguidor, pero la criatura se acercaba cada vez más, su aliento caliente y nauseabundo rozando su nuca.

Justo cuando creía que la bestia lo alcanzaría, Miguel despertaba con el corazón latiéndole con fuerza en el pecho, como si estuviera a punto de estallar.

Miguel se sentó al borde de la cama, tratando de recuperar el aliento y calmar sus nervios. Sabía que algo extraño estaba sucediendo, pero no podía comprender la naturaleza de los sueños que lo atormentaban. Los detalles eran tan vívidos, tan reales, que comenzaba a cuestionar su propia cordura.

A lo largo de los días siguientes, Miguel notó cambios en su cuerpo y en su mente que no podía explicar. Sus sentidos se intensificaron, podía oír conversaciones a distancia, percibir olores con mayor claridad y ver en la oscuridad como si fuera de día. Además, su fuerza y resistencia incrementaron de manera notable y estos cambios le generaron una sensación de desconcierto.

Con cada noche que pasaba, los sueños se volvían más perturbadores y las visiones más vívidas. Miguel comenzaba a temer quedarse dormido, pues cada vez que lo hacía, se encontraba atrapado en un mundo de pesadillas del que parecía no poder escapar. Los sueños también comenzaban a afectar su vida diaria. Experimentaba cambios de humor repentinos y estallidos de ira incontrolable seguidos de momentos de profunda tristeza y confusión. Los síntomas se volvieron tan notorios que Miguel comenzó a aislarse, evitando a sus amigos y familiares por temor a lastimarlos.

A medida que pasaban los días, Miguel comenzó a evitar lugares concurridos y actividades sociales. Su comportamiento reservado no pasó desapercibido para sus amigos más cercanos, quienes notaron que algo andaba mal, pero Miguel no se sentía listo para compartir la angustia que lo embargaba.

Una noche, mientras caminaba por las calles de Monterrey en un intento por despejar su mente, Miguel escuchó un rugido aterrador que resonó por los callejones oscuros. Se detuvo en seco, su corazón palpitando en su pecho. El sonido era tan potente que Miguel no pudo evitar recordar las visiones de sus sueños.

Al avanzar por el callejón desierto, envuelto en un aire de suspenso, Miguel se percató de la presencia de una joven mujer tendida en el suelo, sujetando un trozo de madera que movía sin cesar de un lado a otro. La mujer se veía visiblemente asustada, miraba a todos lados. En la penumbra de la noche, unos ojos rojos como el mismo infierno rompieron la atmósfera.

De repente, una figura se abalanzó sobre él desde las sombras, una criatura grotesca con garras y colmillos que se aferró a su brazo. Miguel luchó con todas sus fuerzas, lanzando golpes mientras trataba de soltarse del agarre de la criatura. En ese momento descubrió que sus reflejos y fuerza eran mucho mayores de lo que nunca había imaginado.

Consiguió liberarse de la criatura y, con una furia que no sabía que poseía, contraatacó con fiereza, golpeando a la bestia hasta que esta huyó entre los callejones oscuros, dejando a Miguel confundido y sin aliento.

Permaneció quieto, su cuerpo temblando con la adrenalina del enfrentamiento. El aire estaba impregnado de un hedor metálico y húmedo que no podía ignorar. Su mente intentaba asimilar lo que acababa de ocurrir, pero la confusión se apoderaba de él. Justo cuando intentaba recobrar el aliento, escuchó un suave sollozo proveniente de una esquina oscura del callejón. Se acercó con cautela y encontró a la joven que había sido atacada por la criatura. Era Sofía, una mujer valiente que no había dejado que el miedo la paralizara.

Miguel sintió una conexión instantánea con ella, como si estuvieran unidos por el destino.

La ayudó a ponerse de pie y se alejaron del lugar peligroso. A medida que caminaban, Sofía le contó cómo había sido atacada por la criatura y que Miguel había llegado justo a tiempo para salvarla.

Miguel decidió no revelar sus propios miedos y experiencias a Sofía todavía, pero se dio cuenta de que necesitaba respuestas sobre lo que estaba sucediendo. La presencia de la criatura y sus propios síntomas parecían estar relacionados de alguna manera y sentía que Sofía podía ser una aliada valiosa en su búsqueda de respuestas.

Miguel y Sofía caminaron por las calles silenciosas de Monterrey, alejándose del lugar del ataque. Mientras avanzaban, Miguel pudo notar que Sofía era una mujer fuerte, aunque aún estaba visiblemente afectada por lo que había sucedido. A pesar de su valentía, su rostro reflejaba una profunda preocupación y desconcierto.

Miguel sintió la necesidad de protegerla, no sólo porque ella había sido atacada, sino porque ambos parecían estar atrapados en un misterio mucho más grande de lo que podían comprender. A medida que se adentraban en las calles iluminadas por faroles tenues, Miguel le prometió a Sofía que la llevaría a un lugar seguro y la protegería.

Mientras caminaban, Miguel se sorprendió al darse cuenta de cuán claros eran sus sentidos. Podía escuchar el susurro del viento entre las hojas de los árboles cercanos y el latido acelerado del corazón de Sofía a su lado. Estos cambios eran una confirmación más de que algo oscuro estaba sucediendo dentro de él. Finalmente llegaron a la casa de Sofía. Miguel la acompañó hasta la puerta, asegurándose de que estuviera a salvo antes de despedirse. Prometió volver a verla para hablar más sobre lo que les había sucedido esa noche.

Una vez que Sofía estuvo a salvo en su hogar, Miguel regresó a las calles, sintiéndose inquieto y con una creciente sensación de urgencia. Sabía que debía descubrir más sobre la criatura y los extraños síntomas que estaba experimentando. Sus instintos le decían que el encuentro con Sofía no había sido una simple coincidencia y que sus destinos estaban entrelazados de alguna manera.

SUEÑOS Y VISIONES PERTURBADORAS

La noche caía sobre Monterrey y Miguel se preparaba para enfrentar otra batalla contra el insomnio. Se recostó en su cama, consciente de que los sueños oscuros regresarían, pero sabiendo que no tenía otra opción que descansar. A medida que la ciudad se sumía en el silencio, Miguel se sumergió en un sueño profundo y sin retorno.

Las visiones comenzaron de inmediato.

Se encontró de pie en medio de un bosque oscuro y frondoso, el viento susurraba entre las ramas de los árboles y la luna llena brillaba con un resplandor siniestro. Miguel sintió una presencia cercana, algo acechando entre las sombras, y un escalofrío recorrió su espalda.

Mientras más avanzaba por el bosque, la atmósfera se volvía más opresiva. Podía escuchar el crujir de las hojas bajo sus pies y los aullidos lejanos de criaturas desconocidas. Los árboles parecían retorcerse a su alrededor, como si intentaran atraparlo en sus ramas.

Se detuvo al escuchó un murmullo inquietante que se convirtió en un grito desgarrador. Volvió la vista y vio una figura oscura acercándose a él con velocidad. Era la criatura de sus pesadillas, una bestia grotesca con ojos brillantes y colmillos afilados.

La bestia avanzó hacia Miguel con ferocidad, sus garras destellando bajo la luz de la luna. Miguel trató de correr, pero sentía los pies pesados como el plomo, como si el suelo estuviera intentando atraparlo. A medida que la criatura se acercaba, Miguel notaba cómo su propio cuerpo comenzaba a cambiar: sus manos se retorcían y sus uñas se alargaban, sus músculos se tensaban y su respiración se volvía más profunda y animal.

El miedo invadió su mente, pero también sintió una extraña conexión con la bestia, como si formara parte de él. Cuando la criatura finalmente llegó a su lado, Miguel vio su propio reflejo en sus ojos rojos y brillantes, como si estuviera viendo su propia alma reflejada en el abismo.

Despertó sobresaltado, su corazón golpeando con fuerza en su pecho.

Se levantó de la cama aún sintiendo los efectos de la transformación que había experimentado en su sueño. Caminó hacia el espejo, esperando ver algún cambio en su apariencia, pero su rostro se veía igual, aunque pálido y sudoroso. A pesar de haber despertado, la sensación de miedo y angustia persistía en su mente. Los sueños se estaban volviendo más reales y Miguel ya no podía escapar de la verdad de que algo oscuro estaba creciendo dentro de él.

La inquietud persiguió a Miguel durante todo el día. Las imágenes de su sueño lo atormentaban, haciéndole sentir como si estuviera atrapado en una pesadilla interminable. A medida que avanzaba el día, comenzó a notar cambios en su percepción del entorno. Los colores le parecían más intensos, los sonidos más agudos, y los olores más pronunciados.

Al caer la noche, Miguel evitó dormirse, temeroso de lo que podría encontrar en sus sueños. Sin embargo, el cansancio finalmente lo venció y pronto se encontró sumergido en un mundo de oscuridad y terror.

En sus sueño, Miguel se veía de nuevo en el bosque, pero esta vez las visiones eran aún más perturbadoras. Los árboles se retorcían y crujían como si estuvieran vivos y observando cada uno de sus movimientos. El suelo bajo sus pies estaba cubierto de hojas secas y ramas que se movían como si quisieran atraparlo.

Miguel sintió una presencia cercana, una figura oscura que lo observaba desde las sombras. Trató de correr, pero sus pies se hundieron en el suelo, como si estuviera atrapado en un pantano. Cuando finalmente logró liberarse, la bestia apareció frente a él, con sus ojos brillantes y su aliento caliente y fétido.

El miedo se apoderó de Miguel mientras la bestia se acercaba. Podía escuchar el crujido de sus huesos y el latido de su propio corazón resonando en sus oídos. La criatura emitió un gruñido profundo y Miguel supo que debía actuar o perecer. De repente sintió una fuerza salvaje brotar de su interior, una energía primitiva que lo impulsó a enfrentarse a la bestia. Sin saber cómo, se encontró peleando con una fuerza que no sabía que poseía, sus movimientos eran instintivos, como si hubiera nacido para luchar.

Los golpes de Miguel fueron certeros y poderosos, pero la bestia no se dejó vencer con facilidad. La lucha fue brutal, un intercambios de ataques feroces. Miguel podía sentir su piel arder, su respiración volverse más pesada y su vista nublarse por momentos. En un instante de distracción, la bestia lo embistió, arrojándolo contra un árbol con tal fuerza que Miguel quedó aturdido.

Mientras la criatura se acercaba a su presa, Miguel reunió todas sus fuerzas y lanzó un grito de desafío, empujando a la bestia lejos de él. La bestia rugió, molesta por la resistencia de Miguel. Los dos se miraron a los ojos, midiendo sus movimientos, esperando el momento de lanzar un nuevo ataque. El bosque parecía temblar a su alrededor, los árboles crujían como si fueran testigos de una batalla entre titanes.

Miguel no podía entender cómo había logrado mantenerse con vida durante tanto tiempo, pero algo dentro de él le decía que tenía que continuar luchando. De repente, una luz brillante iluminó el bosque, cegando a Miguel por un instante. Cuando pudo recuperar la visión, la bestia había desaparecido, dejando atrás sólo un eco de su gruñido.

Despertó en su cama, respirando con dificultad y empapado en sudor frío. El cuerpo entero le dolía, como si realmente hubiera peleado contra la bestia en su sueño.

Miró a su alrededor intentando comprender si lo que había experimentado había sido real o simplemente otra pesadilla y la confusión y el temor lo invadieron.

Las visiones se volvían cada vez más intensas y realistas, al punto en que Miguel ya no sabía distinguir entre la realidad y la ficción. Se levantó de la cama con la certeza de que necesitaba encontrar respuestas y entender la verdad detrás de estos sueños perturbadores.

EL SEGUNDO ENCUENTRO CON SOFÍA

Miguel se había despertado esa noche con una extraña urgencia en su interior, como si una fuerza invisible lo empujara a salir a la calle. Caminó por las oscuras avenidas de Monterrey con la brisa nocturna susurrando secretos oscuros a su alrededor. Su cuerpo aún estaba recuperándose de los sueños perturbadores y las visiones de la bestia.

Mientras avanzaba por las calles desiertas, escuchó un grito desgarrador que rompió el silencio de la noche. Sin pensarlo dos veces, Miguel corrió hacia el origen del grito, su corazón latiendo con fuerza mientras se acercaba a un callejón estrecho y mal iluminado.

Al llegar, vio una figura femenina que reconoció de inmediato, nuevamente era Sofía, luchando contra una criatura grotesca y sombría. Era una visión sacada directamente de sus pesadillas, una bestia con ojos brillantes y garras afiladas que intentaba atacar a la mujer.

Miguel no perdió tiempo y se abalanzó sobre la criatura, golpeándola con una fuerza inusitada. La bestia gruñó con furia y huyó entre las sombras, dejando a la mujer tirada en el suelo, jadeante y con miedo en sus ojos. Miguel se acercó a ella, notando que estaba visiblemente conmocionada y pensó para sus adentros, *esta no es la forma en que esperaba verte de nuevo esta noche.*

Miguel ayudó a Sofía a ponerse de pie. Ella le agradeció por segunda vez, con una mirada de gratitud mezclada con sorpresa.

—Gracias por salvarme de nuevo —le dijo, aún recuperándose del ataque de la criatura.

—Podrías haber elegido un mejor lugar para tener una segunda cita —bromeó Miguel, tratando de aligerar la tensión del momento. Sin embargo, ambos sabían que no había nada gracioso en lo que acababa de ocurrir.

Sofía le contó cómo había sido atacada por segunda vez por la misma criatura mientras caminaba de regreso a casa. Miguel se dio cuenta de que su destino estaba entrelazado con el de ella de alguna manera, ya que era el segundo enfrentamiento contra la bestia y Sofía siempre estaba presente.

Miguel decidió escoltar a Sofía a casa para asegurarse de que llegara a salvo.

Mientras caminaban, Sofía le hizo muchas preguntas sobre su intervención y cómo había logrado espantar a la criatura. Miguel, sin saber muy bien qué responder, intentó ser vago en sus respuestas, tratando de mantener en secreto su propia conexión con la bestia.

Llegaron a la casa de Sofía y Miguel se aseguró de que estuviera bien antes de despedirse. Ella le agradeció una vez más, pero Miguel podía ver en sus ojos que había más preguntas que respuestas.

Miguel se alejó de la casa de Sofía con una sensación de inquietud. No sólo por lo que había experimentado esa noche, sino también por la conexión que sentía con Sofía. Había algo en ella que lo atraía, una determinación y valentía que no podía ignorar.

Mientras caminaba de regreso a su casa, las sombras de la noche parecían jugar con su mente. Podía escuchar murmullos lejanos, y su instinto le decía que estaba siendo observado. Se giró varias veces, esperando ver a la bestia acechando, pero no vio nada. Sin embargo algo en su interior le decía que la criatura aún estaba cerca, vigilándolo.

Miguel apretó el paso, tratando de alejarse lo más rápido posible de la zona. Los callejones oscuros y las luces parpadeantes de las farolas creaban un ambiente de inquietud a su alrededor.

Llegó a casa y cerró la puerta detrás de él, sintiéndose un poco más seguro en la relativa tranquilidad de su hogar, pero sabía que no podía ignorar lo que había sucedido esa noche. Las criaturas estaban fuera, acechando, y la conexión con Sofía le daba la certeza de que su camino estaba unido al de ella.

A pesar del peligro, Miguel no pudo evitar sonreír con ironía al pensar en la peculiar forma en la que había conocido a Sofía. Tal vez, después de todo, sus noches nunca volverían a ser aburridas.

INVESTIGACIÓN POLICIAL

L a ciudad de Monterrey estaba sumida en una atmósfera de miedo y sospecha. Los recientes ataques de criaturas misteriosas habían dejado un rastro de muerte y caos en las calles, y la policía local se encontraba abrumada por la magnitud de los acontecimientos. Los detectives, acostumbrados a lidiar con la delincuencia común, se encontraban ahora frente a una serie de crímenes inexplicables que desafiaban la lógica y la razón.

El detective Ramírez, un hombre de mediana edad con un sentido del humor negro y un largo historial de resolver casos difíciles, se encargó de liderar la investigación. Su instinto le decía que algo mucho más oscuro y siniestro estaba ocurriendo en Monterrey, algo que no se podía explicar con los métodos habituales de la policía.

Ramírez y su equipo comenzaron a examinar las escenas de los crímenes, recopilando pruebas y entrevistando a testigos aterrados. Las descripciones de las criaturas atacantes variaban, pero todas coincidían en un detalle inquietante: los ojos brillantes y feroces de las bestias, que parecían observar a sus víctimas con una inteligencia siniestra.

El detective Ramírez sabía que estaba lidiando con algo fuera de lo común. Las marcas de garras y mordeduras en los cuerpos de las víctimas sugerían ataques de animales salvajes, pero las huellas encontradas en las escenas del crimen eran demasiado grandes para cualquier animal conocido en la región.

Uno de los oficiales más jóvenes, un recién llegado a la comisaría, sugirió con sarcasmo que podrían estar buscando a un hombre lobo.

Ramírez no pudo evitar esbozar una sonrisa amarga ante la idea, pero sabía que debía mantenerse abierto a todas las posibilidades por absurdas que pudieran parecer.

El equipo comenzó a revisar casos similares del pasado, buscando patrones que pudieran arrojar luz sobre la situación actual. Los informes revelaron que ataques similares habían ocurrido en Monterrey y sus alrededores en cada una de las décadas, siempre durante la luna llena. Esto llevó a Ramírez a plantearse la posibilidad de que estuvieran lidiando con una maldición antigua.

Mientras tanto, la presión sobre la policía seguía aumentando. La población estaba aterrorizada, y los medios de comunicación no hacían más que avivar el miedo con historias sensacionalistas sobre bestias monstruosas acechando en la noche.

El detective Ramírez, consciente de la urgencia de resolver los crímenes, decidió entrevistarse con algunas personas mayores de la ciudad, quienes podrían tener conocimiento sobre leyendas o mitos locales relacionados con las criaturas. Se dirigió a una pequeña cantina en el centro de Monterrey, conocida por ser un punto de encuentro de los ancianos más sabios de la comunidad.

Allí, Ramírez se encontró con Don Anselmo, un anciano con barba canosa y ojos astutos. Don Anselmo le habló sobre las leyendas de hombres lobo que se transmitían de generación en generación. Según él, había una antigua maldición que se manifestaba durante la luna llena, transformando a ciertas personas en bestias salvajes.

Ramírez escuchó con escepticismo, pero también con atención. La información podría resultar valiosa, aunque dudaba de basar su investigación en mitos y leyendas. Aun así, tomó notas y agradeció a Don Anselmo por su tiempo.

De vuelta en la comisaría, Ramírez compartió sus hallazgos con su equipo. Los oficiales intercambiaron miradas incrédulas, pero también intrigadas. Decidieron mantener abiertas todas las líneas de investigación, incluida la posibilidad de una maldición.

Mientras tanto, Miguel y Sofía continuaban su propia búsqueda de respuestas sin saber que sus caminos se cruzarían con los de la policía en su intento por desentrañar el misterio detrás de los ataques, ya que un nuevo enfrentamiento con la bestia estaba a punto de ocurrir, pero ahora con la policía de testigo.

A medida que el detective Ramírez y su equipo profundizaban en la investigación, comenzaron a notar un patrón inquietante en los ataques. Las víctimas parecían estar conectadas de alguna manera, ya fuera por su proximidad geográfica o por sus actividades recientes. Esto llevó a los detectives a considerar la posibilidad de que los ataques no fueran completamente aleatorios.

Ramírez decidió dividir a su equipo para abarcar más terreno. Algunos oficiales fueron enviados a investigar en los barrios cercanos a las escenas de los crímenes, mientras que otros se encargaron de entrevistar a posibles testigos que hubieran visto algo inusual en las noches en las que sucedieron los ataques. Uno de los oficiales, conocido por su sentido del humor negro, hizo una broma sobre llevar collares de ajo y crucifijos como protección.

Ramírez le lanzó una mirada de advertencia, pero no pudo evitar reírse por lo bajo. En medio de la tensión y el miedo que se respiraba en la ciudad, un poco de humor era necesario para mantener la cordura.

Mientras tanto, Miguel y Sofía continuaban enfrentándose a sus propios miedos y desafíos. Miguel, aún asimilando su conexión con los ataques, sabía que debía tener cuidado de no llamar la atención de la policía. Si descubrían su relación con las criaturas, podría encontrarse en serios problemas.

El detective Ramírez se sumergió en la investigación de manera obsesiva, examinando todos los detalles de los informes policiales y revisando los registros de otros casos similares en el pasado. Comenzó a darse cuenta de que cada uno de los ataques había ocurrido durante la luna llena, un hecho que le resultaba inquietante, pero que también encajaba con las leyendas que había escuchado de Don Anselmo.

A medida que la luna llena se acercaba nuevamente, Ramírez decidió organizar patrullas adicionales en las zonas donde habían ocurrido los ataques anteriores. Su objetivo era atrapar a la criatura o criaturas en el acto, o al menos reunir más pruebas que pudieran ayudar a identificar al agresor.

Una noche, mientras patrullaba una zona residencial con uno de sus oficiales, Ramírez escuchó un fuerte aullido que resonó en la oscuridad. Ambos se apresuraron hacia el origen del sonido con linternas en mano y las armas listas. Al llegar a un callejón, encontraron una escena aterradora: un hombre y una mujer luchando contra un hombre lobo.

Ramírez reconoció a Miguel y Sofía por las descripciones de los testigos en los informes anteriores. A pesar del peligro evidente, el detective y su oficial decidieron intervenir para tratar de capturar a la bestia. Sin embargo, el hombre lobo demostró ser más fuerte y ágil de lo que esperaban.

Se movía con una velocidad increíble, esquivando los disparos de los oficiales con facilidad. Ramírez se dio cuenta de que estaban en desventaja, pero su determinación no flaqueó. Continuó persiguiendo a la criatura por el callejón, mientras Miguel y Sofía luchaban por mantenerse a salvo.

La bestia lanzó un rugido que estremeció el aire nocturno y se abalanzó sobre uno de los oficiales, arrojándolo contra la pared con una fuerza brutal. Ramírez y Miguel intercambiaron una mirada de entendimiento: sabían que debían trabajar juntos para detener al hombre lobo.

Con valentía, Miguel se lanzó hacia la criatura, distrayéndola lo suficiente como para que Ramírez pudiera acercarse por detrás. El detective golpeó al hombre lobo con la culata de su arma, pero esto sólo enfureció a la bestia aún más. Se giró hacia ellos, mostrando sus colmillos afilados y garras peligrosas.

Miguel aprovechó el momento de confusión para guiar a Sofía a un lugar seguro. Mientras tanto, Ramírez continuó tratando de enfrentarse al hombre lobo, consciente de que debía mantenerlo alejado de los ciudadanos inocentes. Estaba decidido a proteger a los civiles de la amenaza del hombre lobo.

Continuó persiguiéndolo por el callejón, tratando de mantener su atención centrada en él y alejarlo de los transeúntes. El detective tenía un instinto de supervivencia afilado por años de servicio, pero incluso él sabía que enfrentarse a una criatura tan poderosa era una batalla cuesta arriba.

Miguel, habiendo puesto a Sofía a salvo, regresó rápidamente para ayudar al detective. El hombre lobo atacó con furia, lanzando un zarpazo hacia Ramírez, quien logró esquivarlo por poco. Miguel aprovechó la oportunidad para embestir a la criatura, derribándola momentáneamente.

Ramírez actuó con rapidez, apuntando su arma hacia la bestia, pero dudó en disparar, consciente de que una bala convencional podría no ser suficiente.

El hombre lobo se recuperó con una agilidad sobrehumana y se abalanzó sobre Miguel. Ambos lucharon cuerpo a cuerpo, mientras Ramírez buscaba una oportunidad para intervenir. La escena era caótica, con rugidos, gritos, y el sonido de la lucha llenando el aire nocturno.

Ramírez observaba con desesperación a Miguel luchar contra el hombre lobo, intentando mantenerlo a raya. La criatura era más fuerte y ágil de lo que cualquiera de ellos había anticipado, y Miguel estaba empezando a mostrar signos de cansancio.

El detective sabía que necesitaban una estrategia diferente si querían sobrevivir a esa noche. Recordando las leyendas que había escuchado, Ramírez buscó algo en su cinturón y encontró una pequeña cruz de plata que siempre llevaba consigo. Aunque no creía en su eficacia, no tenía mucho que perder.

Con valentía, Ramírez se acercó a la criatura y, mientras Miguel la mantenía ocupada, logró colocar la cruz de plata en la piel del hombre lobo. La bestia lanzó un grito ensordecedor y retrocedió, mostrando signos de dolor y confusión. Aprovechando el momento, Miguel y Ramírez se reagruparon.

Sofía, que había estado observando desde una posición segura, se unió a ellos. El hombre lobo, enfurecido pero herido, se retiró entre las sombras del callejón, dejando un rastro de gruñidos y ecos amenazantes.

Miguel, Ramírez y Sofía se quedaron en el callejón recuperando el aliento después del intenso enfrentamiento con el hombre lobo. A pesar de que habían logrado herir a la criatura, sabían que volvería pronto y necesitaban prepararse para lo que vendría.

Ramírez, aún asimilando lo que acababa de suceder, miró la cruz de plata que tenía en la mano. No podía creer que el objeto que llevaba por simple tradición hubiera resultado ser su mejor arma contra la bestia.

Miguel le dirigió una mirada de reconocimiento, agradecido por la ayuda del detective en el momento crucial.

Sofía, por su parte, se mostraba impresionada y asustada por la experiencia. Había visto a la bestia de cerca y entendía que su vida estaba en peligro, pero también sabía que no podía alejarse de Miguel ahora que sus destinos estaban entretejidos. Ramírez decidió llevarlos a la comisaría para hablar sobre lo que había ocurrido y discutir cómo abordarían la situación en el futuro. Los tres sabían que, para vencer a la bestia, necesitaban un plan sólido y trabajar juntos.

En la comisaría, Ramírez condujo a Miguel y Sofía a su oficina privada. La atmósfera era tensa, y los tres sabían que estaban ante algo mucho más grande de lo que podían imaginar. El detective cerró la puerta detrás de ellos y se sentó en su escritorio, con una expresión seria en su rostro.

—Bueno, supongo que es una noche normal en Monterrey —dijo Ramírez con un tono de broma, tratando de aliviar un poco la tensión.

Miguel y Sofía intercambiaron una mirada nerviosa, sabiendo que lo que estaba ocurriendo era cualquier cosa menos normal.

El detective les pidió que le contaran todo lo que sabían sobre los ataques y sobre el hombre lobo. Miguel, aunque reticente al principio, decidió confiar en Ramírez y le reveló su conexión con la criatura y sus propias experiencias recientes. Sofía también compartió sus encuentros con la bestia y cómo Miguel la había salvado. Ya con esta ocasión eran tres veces, pero no sabía si le seguiría sonriendo la suerte en el futuro.

Ramírez escuchó con atención, asimilando toda la información. Aunque le costaba creer en lo que estaban diciendo, había visto suficiente esa noche para saber que no podían ignorar la amenaza. Decidió que necesitaban investigar más a fondo las leyendas locales y buscar cualquier pista que pudiera ayudarles a entender cómo detener a la criatura.

Ramírez tomó un profundo respiro y miró a Miguel y Sofía. Sabía que necesitaban un plan para enfrentar la amenaza del hombre lobo, pero también entendía que no podía confiar en los métodos policiales convencionales para enfrentarse a una criatura sobrenatural.

—Necesitamos saber más sobre esta maldición y cómo detenerla", dijo Miguel, rascándose la barbilla—. ¿Alguien tiene alguna idea de dónde podemos encontrar más información?

El detective mencionó a Don Anselmo, el anciano que había conocido en la cantina. Recordó la conversación que tuvo con él sobre las leyendas locales de hombres lobo y cómo parecían encajar con los ataques recientes.

—De acuerdo, volveré a hablar con Don Anselmo —dijo Ramírez, tomando una libreta para anotar los próximos pasos.

—Mientras tanto, Miguel, quiero que te mantengas alerta y protejas a Sofía. Es posible que el hombre lobo vuelva a atacarla, y no quiero más víctimas.

Miguel asintió con determinación. Sabía que su papel en todo esto era crucial, y que debía estar listo para enfrentar a la bestia cuando llegara el momento. Sofía, aunque asustada, se mostró agradecida por el apoyo de Miguel y Ramírez.

Ramírez se despidió de Miguel y Sofía, agradeciéndoles por su valentía y cooperación. Los tres sabían que enfrentaban una situación peligrosa y el detective tenía la esperanza de que juntos pudieran encontrar una solución para detener los ataques del hombre lobo.

Una vez que Miguel y Sofía salieron de la comisaría, Ramírez comenzó a trabajar en un plan para proteger la ciudad durante la próxima luna llena. Organizó patrullas adicionales en las zonas más afectadas por los ataques y estableció puntos de control en las áreas con mayor actividad nocturna. También se dedicó a investigar más a fondo la historia de Monterrey y sus alrededores, buscando pistas sobre la maldición del hombre lobo. Se sumergió en viejos registros, textos antiguos y relatos de testigos oculares, tratando de encontrar alguna conexión con los eventos recientes.

Ramírez no podía evitar preguntarse cómo Miguel encajaba en todo esto. Sabía que había algo especial en él, algo que lo hacía diferente a otros testigos y sobrevivientes de los ataques. Sin embargo, el detective decidió no presionar más a Miguel por el momento, pues sabía que más adelante necesitaría su cooperación.

Mientras Ramírez continuaba su investigación, comenzó a notar una serie de coincidencias extrañas en los informes policiales. Los ataques siempre parecían seguir un patrón específico, coincidiendo con los ciclos lunares. Esto reforzaba su teoría de que estaban lidiando con un hombre lobo y una maldición antigua.

El detective decidió colaborar con expertos en mitología y folclore para obtener más información sobre cómo enfrentar a la criatura. También contactó a cazadores veteranos que pudieran tener experiencia en la captura de animales peligrosos. Pero a pesar de sus esfuerzos, Ramírez sabía que el tiempo se estaba agotando. La próxima luna llena estaba cerca, y necesitaba asegurarse de que la ciudad estuviera lo mejor preparada para los eventos que pudieran surgir.

Mientras tanto, Miguel y Sofía intentaron retomar sus vidas normales, pero las experiencias recientes los mantenían en un estado de alerta constante. Miguel sabía que la próxima vez que enfrentara a la bestia podría no salir con vida.

Ramírez se sentía frustrado por la falta de avances concretos en la investigación. Los informes seguían siendo confusos y las respuestas parecían estar enterradas en mitos y leyendas. Decidió volver a hablar con Don Anselmo, el anciano de la cantina, con la esperanza de obtener más información sobre la historia de los hombres lobo en Monterrey.

Al principio Son Anselmo fue reacio a hablar sobre el tema, pero la insistencia de Ramírez y su promesa de proteger a la ciudad lo convencieron.

El anciano le contó sobre una antigua maldición que se remontaba a generaciones atrás, relacionada con el Cerro de la Silla y una tribu indígena que veneraba a un dios lobo. Le reveló que la maldición pasaba de generación en generación, afectando a los hombres de ciertas familias. También le habló de una forma de romper la maldición, aunque requeriría un sacrificio extremo y el uso de un objeto sagrado escondido en una cueva en las montañas.

Ramírez tomó notas de todo lo que Don Anselmo le dijo, pero también sabía que debía mantener la mente abierta. Agradeció al anciano por su ayuda y regresó a la comisaría, donde comenzó a planificar la manera de localizar el objeto sagrado y a preparar a sus hombres para la próxima luna llena.

Con el conocimiento de Don Anselmo en mente, Ramírez convocó a una reunión con su equipo de investigación para discutir el plan de acción. Les habló sobre la antigua maldición y la cueva en las montañas donde supuestamente se encontraba el objeto sagrado que podría ayudar a romper el ciclo de los ataques.

Los oficiales intercambiaron miradas escépticas, pero sabían que no podían descartar ninguna pista, por extraña que fuera. Ramírez asignó a un grupo de agentes la tarea de localizar la cueva en las montañas y asegurarse de que el objeto sagrado fuera recuperado de manera segura. Mientras tanto, continuó organizando patrullas nocturnas adicionales en las zonas más peligrosas de la ciudad, con el objetivo de proteger a los ciudadanos y estar preparados para cualquier ataque del hombre lobo. Miguel y Sofía también se unieron a las patrullas, sabiendo que su experiencia con la criatura podría ser de gran ayuda.

Durante una de las patrullas, Miguel y Sofía se encontraron con una escena inquietante: varios oficiales heridos gravemente y aterrorizados por un ataque reciente.

Miguel supo que debían actuar con rapidez y, junto con Sofía, ayudó a los oficiales heridos y a coordinar la respuesta policial. El detective Ramírez llegó a la escena poco después, su rostro reflejaba la seriedad de la situación. Mientras evaluaba los daños, Miguel le informó sobre lo sucedido: el hombre lobo había atacado con una ferocidad inesperada, dejando a varios oficiales heridos de muerte antes de desaparecer en la oscuridad.

El detective frunció el ceño, consciente de que el tiempo se agotaba y que necesitaban encontrar una solución pronto. Mientras los oficiales recibían atención médica, Ramírez se reunió con Miguel y Sofía para trazar un plan más directo para enfrentar la amenaza.

—Necesitamos encontrar esa cueva en las montañas y obtener el objeto sagrado —dijo Ramírez con determinación—. Es nuestra mejor oportunidad de detener al hombre lobo de una vez por todas.

Miguel y Sofía asintieron, conscientes de la gravedad de la situación.

Decidieron unirse a Ramírez y al equipo asignado para localizar la cueva. Sabían que la búsqueda sería peligrosa, pero estaban dispuestos a enfrentar cualquier desafío con tal de proteger a la ciudad.

Esa misma noche se dirigieron a las montañas cercanas al Cerro de la Silla, siguiendo las pistas proporcionadas por Don Anselmo. El ambiente era frío y oscuro, y a medida que avanzaban, la sensación de inquietud aumentaba.

El grupo avanzó por senderos rocosos y estrechos, iluminados sólo por las linternas que llevaban. Ramírez lideraba la marcha, siguiendo las indicaciones que Don Anselmo le había dado sobre cómo encontrar la cueva escondida. Miguel y Sofía caminaban cerca, atentos a cualquier signo de peligro.

A medida que se adentraban en las montañas, el paisaje se volvía más inhóspito. Los sonidos de la noche eran más intensos, el viento silbaba entre los árboles y los ruidos de animales lejanos resonaban en el aire. La tensión era palpable y el grupo avanzaba con precaución, sabiendo que el hombre lobo podría estar acechándolos en cualquier momento.

Después de varias horas de búsqueda, finalmente llegaron a la entrada de una cueva oscura y tenebrosa. Las rocas alrededor estaban cubiertas de musgo y el aire era húmedo y frío. Ramírez, Miguel y Sofía intercambiaron miradas de determinación antes de adentrarse en la cueva.

Por dentro, la cueva era estrecha y serpenteante, con formaciones rocosas que parecían salidas de un cuento de terror. El eco de sus pasos resonaba en las paredes y la oscuridad era casi absoluta. Con cautela avanzaron más profundamente en la cueva, siguiendo un rastro de marcas antiguas talladas en la piedra.

A medida que el grupo avanzaba por la cueva, las marcas en las paredes se volvieron más claras y frecuentes, guiándolos hacia el interior. Ramírez, Miguel y Sofía mantenían sus linternas encendidas, escaneando el entorno en busca de cualquier señal de peligro o del objeto sagrado.

El aire se volvió más pesado a medida que se adentraban en la cueva y la sensación de inquietud aumentaba con cada paso. Ramírez no pudo evitar hacer una broma sobre los decorados espeluznantes, tratando de aligerar el ambiente. Sofía le sonrió levemente, pero Miguel estaba demasiado concentrado en el camino por delante.

Finalmente llegaron a una gran cámara en el corazón de la cueva. El espacio estaba iluminado por un brillo tenue proveniente de una fuente desconocida. En el centro de la cámara, sobre un pedestal de piedra, descansaba un antiguo amuleto: el objeto sagrado que estaban buscando.

El amuleto emitía un resplandor plateado, proyectando sombras extrañas en las paredes de la cueva. Ramírez, Miguel y Sofía se acercaron con cautela, conscientes de que este era un momento crucial. Ramírez extendió la mano para tomar el amuleto, pero algo en el aire les indicó que no estaban solos.

Mientras Ramírez extendía la mano hacia el amuleto, un aullido gutural resonó en la cueva, estremeciéndolos. La criatura había estado acechándolos, esperando el momento oportuno para atacar.

Miguel se interpuso rápidamente entre el detective y el origen del sonido, su cuerpo tenso y preparado para enfrentarse al hombre lobo.

El hombre lobo emergió de las sombras, sus ojos brillantes fijos en el grupo. Su aspecto era aún más salvaje y aterrador en la penumbra de la cueva. Los tres sabían que estaban en peligro y que el enfrentamiento sería inevitable.

La criatura se abalanzó hacia ellos con furia y Miguel reaccionó instintivamente, arremetiendo contra el hombre lobo. Los dos se enzarzaron en una lucha feroz, mientras Ramírez y Sofía trataban de mantenerse a salvo. Ramírez sostuvo el amuleto con firmeza, sabiendo que podría ser su única esperanza de vencer a la bestia.

Sofía, consciente del peligro, buscó una oportunidad para ayudar a Miguel. A pesar del miedo, vio que el amuleto tenía un efecto sobre el hombre lobo: lo debilitaba momentáneamente. Ramírez se percató de esto y sostuvo el amuleto hacia la criatura, tratando de mantenerla a raya.

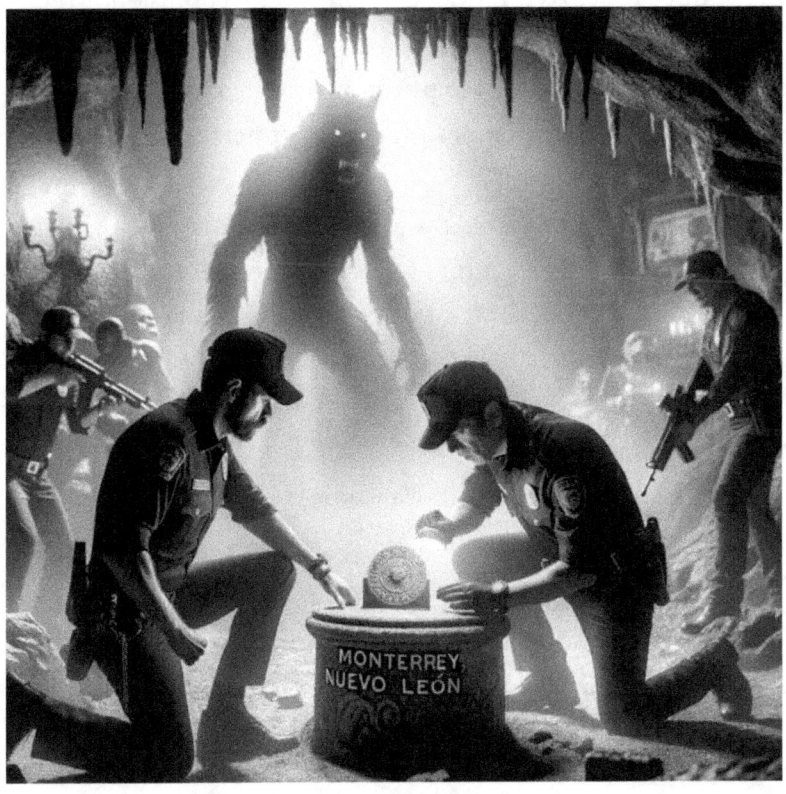

El hombre lobo retrocedió, cegado momentáneamente por el resplandor del amuleto. Miguel aprovechó la oportunidad para golpear a la criatura con toda su fuerza, pero el hombre lobo reaccionó rápidamente y lo empujó con brutalidad contra la pared rocosa de la cueva.

Sofía, decidida a ayudar, se abalanzó sobre la bestia con una rama afilada que encontró en el suelo. La criatura se giró hacia ella, soltando un gruñido feroz, pero Ramírez intervino justo a tiempo, sosteniendo el amuleto frente al hombre lobo.

El resplandor del amuleto pareció desorientar al hombre lobo, que comenzó a retroceder con furia y confusión. Miguel, herido pero determinado, se levantó y se unió a la lucha nuevamente. Juntos, los tres lograron acorralar a la criatura, obligándola a huir de la cámara hacia los túneles más oscuros de la cueva.

El peligro inmediato había pasado, pero Ramírez, Miguel y Sofía sabían que la criatura aún estaba cerca. La bestia no descansaría hasta completar su caza y necesitaban idear un plan para poner fin a la amenaza de una vez por todas.

Ramírez se volvió hacia Miguel y Sofía, su rostro serio y lleno de determinación.

—Debemos hacer esto ahora —dijo, señalando el amuleto—. Es nuestra única oportunidad.

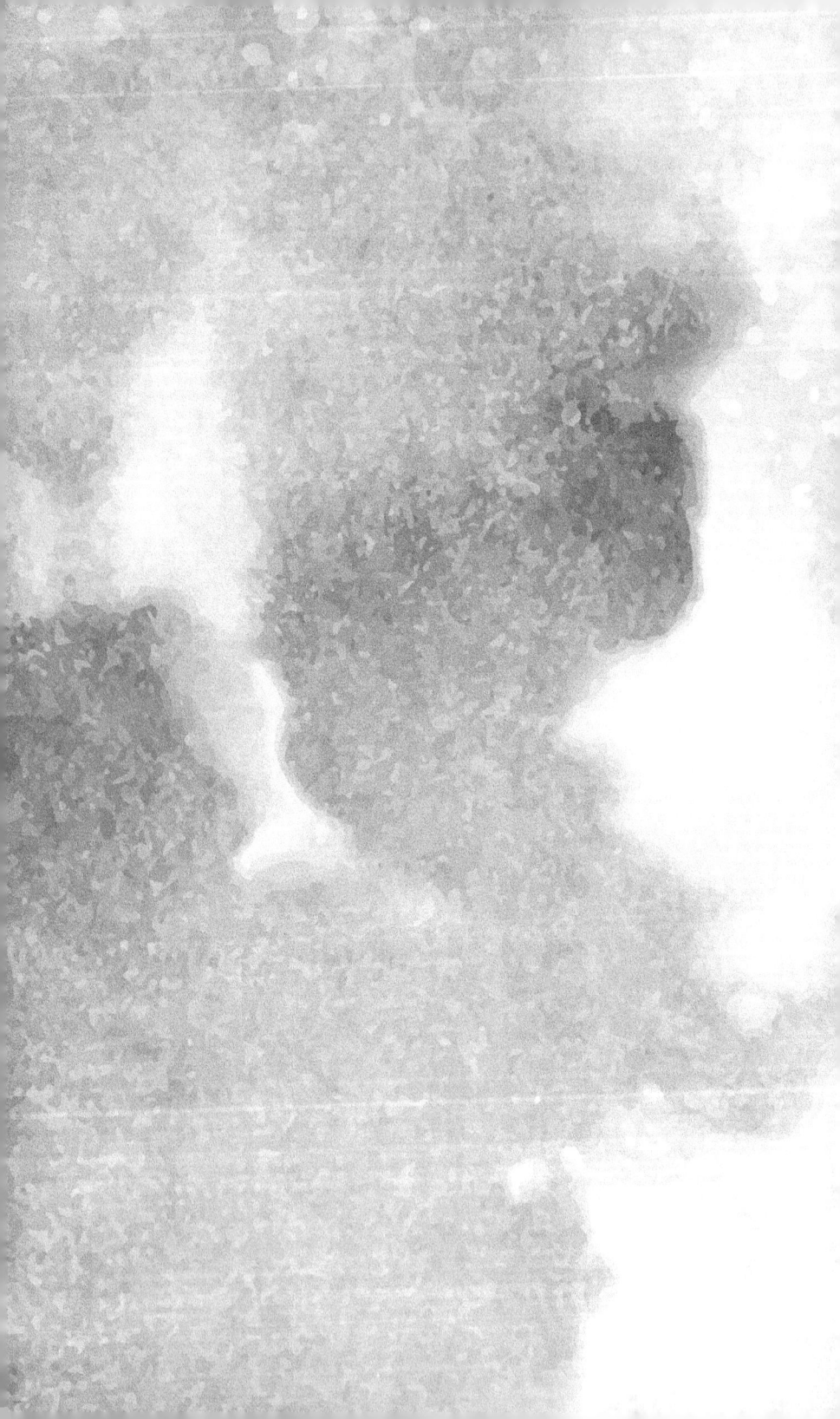

SEGUNDA PARTE

LA BÚSQUEDA

VIAJE A OTRAS CIUDADES

Después de los intensos eventos en Monterrey, Miguel, Sofía y el detective Ramírez decidieron ampliar su búsqueda más allá de la ciudad. El rastro de la maldición del hombre lobo los llevó a explorar en otras ciudades de México en busca de respuestas, lugares que podrían tener conexiones con los orígenes de la maldición. Don Anselmo le había comentado al detective Ramírez de eventos similares en Puebla, Guadalajara y Ciudad de México.

La primera parada en su viaje fue Puebla, una ciudad con una rica historia y una reputación de ser el hogar de numerosos mitos y leyendas. El grupo llegó por la tarde y se instaló en un pequeño hotel en el centro de la ciudad. Ramírez comentó sobre la decoración anticuada del hotel, comparándola con la escena de una película de terror de bajo presupuesto.

A pesar de su tono ligero, la tensión era palpable. Sabían que estaban en una ciudad desconocida, enfrentándose a un peligro que los superaba.

Decidieron recorrer las calles empedradas de Puebla, buscando cualquier indicio de actividad inusual o pistas sobre la maldición del hombre lobo. Mientras caminaban por las angostas calles, Miguel notó una sensación de familiaridad inquietante, como si algo siniestro acechara en los rincones más oscuros de la ciudad; Sofía estaba alerta, sus ojos escaneando el entorno, mientras Ramírez se aseguraba de que estuvieran preparados para cualquier eventualidad.

La búsqueda los llevó a uno de los barrios más antiguos de Puebla, donde las leyendas sobre brujas y criaturas sobrenaturales se enredaban con la historia de la ciudad. Mientras exploraban una calle empedrada, se toparon con una pequeña tienda esotérica en la que la luz de las velas parpadeaba a través de las ventanas. Decidieron entrar en busca de información.

Dentro de la tienda una anciana de aspecto misterioso los recibió con una sonrisa astuta. Se presentó como la Bruja Elena y les ofreció su ayuda, asegurando que sabía sobre la maldición que los perseguía.

La bruja les habló sobre antiguos rituales y amuletos que podían ser útiles en su lucha contra el hombre lobo. Les mostró una serie de objetos antiguos, cada uno con su propia historia oscura. Mientras examinaban los artículos, Ramírez encontró uno que le llamó la atención: una daga de plata con inscripciones antiguas.

Miguel, Sofía y Ramírez decidieron adquirir la daga, ya que creían que podría ser útil en su enfrentamiento con la bestia. Agradecieron a la Bruja Elena por su ayuda y continuaron su recorrido por Puebla, ahora revestidos con más conocimiento y una nueva arma.

Tras salir de la tienda esotérica, el trío continuó su exploración por las calles antiguas de Puebla. Ramírez no podía evitar hacer comentarios sarcásticos sobre los edificios coloniales, bromeando sobre los fantasmas que podrían estar acechando en los pasillos oscuros.

A medida que avanzaban, Miguel sintió una presencia oscura siguiendo sus pasos. Se volvió varias veces, pero no vio nada fuera de lo común. Sin embargo, su instinto le dijo que algo estaba cerca, observándolos desde las sombras.

Sofía también estaba alerta, sentía el peligro en el aire. Se mantuvo cerca de Miguel, confiando en su experiencia con la criatura.

Mientras caminaban, escucharon rumores de desapariciones misteriosas en la ciudad, similares a los ataques que habían presenciado en Monterrey.

Decidieron hablar con los lugareños para obtener más información sobre los eventos recientes. Algunos se mostraron reacios a hablar, pero otros compartieron historias inquietantes sobre figuras peludas y ojos brillantes que merodeaban por la noche. Con cada relato, Miguel, Sofía y Ramírez se dieron cuenta de que la maldición del hombre lobo no estaba limitada a Monterrey. La criatura estaba extendiendo su alcance, y su viaje a Puebla había revelado más preguntas que respuestas.

A medida que continuaron su investigación, Miguel, Sofía y Ramírez se adentraron en los callejones más oscuros de Puebla. Las calles antiguas con sus edificios decrépitos y rincones oscuros parecían esconder secretos que pocos se atrevían a revelar.

En uno de esos callejones se toparon con un grupo de jóvenes que parecían conocerse bien. Al principio se mostraron escépticos ante las preguntas de los forasteros, pero al ver la sinceridad en los ojos de Miguel, Sofía y Ramírez, uno de ellos, llamado Mario, se decidió a hablar.

Mario les contó sobre las desapariciones que habían ocurrido en las últimas semanas, principalmente entre los jóvenes que se aventuraban a las afueras de la ciudad después del anochecer. Les relató cómo algunos testigos afirmaban haber visto una figura alta y peluda acechando en los bosques cercanos. Ramírez intercambió una mirada significativa con Miguel y Sofía, sabiendo que esos relatos coincidían con lo que habían experimentado en Monterrey.

Agradecieron a Mario por la información y decidieron dirigirse hacia los bosques fuera de la ciudad, con la esperanza de encontrar alguna explicación.

Miguel, Sofía y Ramírez se adentraron en los bosques cercanos a Puebla, siguiendo los rumores de la figura peluda y misteriosa. El ambiente era inquietante, con el canto de los grillos y el susurro del viento entre los árboles creando una sinfonía de sonidos mitológicos.

El trío avanzó con cautela, iluminando su camino con linternas. El suelo estaba cubierto de hojas secas que crujían bajo sus pies, y las sombras se movían con cada paso que daban. Era un entorno que fácilmente podría haber salido de una de las pesadillas de Miguel.

De repente, Sofía se detuvo, señalando hacia adelante. A lo lejos, vieron una figura sombría moverse entre los árboles. Se acercaron con sigilo, tratando de no alertar a la criatura, pero el hombre lobo pareció notar su presencia.

El hombre lobo se volvió hacia ellos con ojos brillantes que reflejaban la luz de sus linternas. Miguel se puso en guardia, listo para enfrentarse a la bestia, mientras Ramírez sostuvo firmemente la daga de plata que habían adquirido en la tienda esotérica.

La criatura lanzó un rugido gutural, llenando el bosque con su sonido escalofriante. Parecía estar evaluando si atacar o huir, y Miguel sabía que debían estar preparados para cualquiera de las dos opciones.

El hombre lobo no les dio tiempo para planear su próximo movimiento. Con una velocidad increíble, se abalanzó sobre ellos, dispuesto a atacar. Miguel se interpuso, bloqueando el embate de la criatura con todas sus fuerzas. La bestia era más grande y poderosa de lo que había anticipado, pero Miguel estaba decidido a proteger a Sofía y Ramírez.

Ramírez, viendo que Miguel mantenía a raya a la criatura, aprovechó la oportunidad para usar la daga de plata. Se abalanzó hacia el hombre lobo, buscando herirlo con un golpe certero. La bestia reaccionó rápidamente, esquivando el ataque de Ramírez, pero no sin sufrir una herida superficial.

El hombre lobo se enfureció aún más y lanzó un zarpazo a Ramírez, quien logró esquivarlo por poco. Mientras tanto, Sofía buscó una oportunidad para ayudar. Agarró una rama gruesa del suelo y golpeó a la criatura en la cabeza, aturdiéndola momentáneamente.

Miguel, Ramírez y Sofía aprovecharon ese momento para reorganizarse y tratar de rodear al hombre lobo. Sabían que era su única oportunidad de contenerlo. Ramírez levantó la daga nuevamente, preparado para asestar un golpe final si era necesario.

El hombre lobo, ahora acorralado por Miguel, Ramírez y Sofía, gruñó con furia. Sus ojos brillaban con una intensidad amenazante, pero los tres se mantuvieron firmes, pues sabían que no podían permitir que la criatura escapara.

Miguel avanzó con cautela, buscando un punto débil en la postura defensiva de la bestia. Ramírez, con la daga de plata en mano, esperaba el momento oportuno para atacar. Sofía, por su parte, se movía estratégicamente tratando de mantener la atención del hombre lobo dividida.

El enfrentamiento fue tenso, con cada movimiento calculado y preciso. Finalmente, el hombre lobo lanzó un zarpazo hacia Miguel, quien logró esquivarlo y contrarrestar con un golpe certero en el costado de la bestia.

Aprovechando la distracción de la criatura, Ramírez se abalanzó con determinación y hundió la daga de plata en el pecho del hombre lobo. Un aullido desgarrador resonó en el bosque mientras la bestia retrocedía, herida y debilitada.

Sofía y Miguel se unieron a y formaron un frente unido contra la criatura. La bestia, consciente de su desventaja, lanzó un último rugido antes de huir hacia la oscuridad del bosque, dejando un rastro de sangre tras de sí.

El trío observó a la criatura perderse en las profundidades del bosque, consciente de que se trataba de una victoria temporal: la herida infligida por la daga de plata no era suficiente para acabar con el hombre lobo, pero al menos habían logrado debilitarlo y forzarlo a retirarse.

Ramírez guardó la daga con cautela, consciente de su valor en su lucha contra la bestia. Miró a Miguel y Sofía, quienes mostraban signos de agotamiento por la intensa confrontación. Aun así, sabían que debían continuar su búsqueda y tratar de dar con el origen de la maldición.

Mientras descansaban y recuperaban el aliento, comenzaron a planear su próximo movimiento. Sabían que debían investigar más sobre las leyendas locales y buscar pistas que los llevaran al origen de la maldición. Decidieron continuar su viaje, dirigiéndose a su siguiente destino: Guadalajara, ya que la Bruja Elena les había comentado que criaturas oscuras habían dejado una huella de terror y muerte en aquella ciudad.

No había que perder tiempo. El viaje a Guadalajara ofrecía nuevas oportunidades para descubrir respuestas, pero también representaba nuevos peligros y desafíos. El camino sería largo, pero Miguel, Sofía y Ramírez estaban decididos a enfrentarlo juntos, armados con el conocimiento y la determinación para acabar con la maldición que los perseguía.

La ciudad de Guadalajara es muy conocida por su rica cultura y arquitectura, y les ofrecía un telón de fondo más urbano para su investigación.

El viaje a Guadalajara les permitió reflexionar sobre los eventos recientes y los desafíos que enfrentarían en su búsqueda de los orígenes del hombre lobo. Ramírez hizo comentarios sarcásticos sobre los peligros de los viajes por carretera y las "emociones" que los esperaban en Guadalajara.

Una vez instalados en la ciudad, Miguel y Sofía se encontraron disfrutando de momentos de calma entre las tormentas. Se dieron cuenta de que compartían una conexión especial, forjada en los fuegos de la adversidad. Aunque sabían que su relación podría poner a Sofía en peligro, no podían negar la atracción que sentían el uno por el otro.

Ramírez, por su parte, se adentró en la investigación de la maldición del hombre lobo en Guadalajara, buscando pistas en leyendas y mitos locales. Había rumores de una antigua conexión entre la ciudad y la criatura, así como relatos de ataques similares a los que habían experimentado en Monterrey y Puebla.

Ramírez exploró las calles de Guadalajara, buscando cualquier pista que pudiera guiarlo a los orígenes del hombre lobo. Se adentró en los barrios más antiguos de la ciudad, escuchando a los habitantes contar historias sobre criaturas que acechaban en la noche. Entre los relatos encontró la leyenda de un pacto oscuro entre un antiguo brujo y una criatura lupina, un pacto que había maldecido a generaciones de hombres en la ciudad. Aunque los detalles eran vagos, Ramírez sabía que estaba en el camino correcto y decidió seguir investigando.

Mientras tanto, Miguel y Sofía continuaron su búsqueda juntos. Durante sus investigaciones, descubrieron la historia de Lucian, un brujo misterioso, conocido por su crueldad y que estaba entrelazado con los orígenes de la maldición. Lucian parecía tener un conocimiento profundo sobre la criatura, sus intenciones y la maldición del hombre lobo.

La relación entre Miguel y Sofía se profundizó a medida que pasaban más tiempo juntos. Encontraron consuelo el uno en el otro, una sensación de refugio en medio de la oscuridad de su misión. Aunque sabían que sus vidas estaban en constante peligro, su conexión les daba fuerzas para seguir adelante.

Ramírez decidió investigar a Lucian más a fondo, convencido de que el misterioso brujo estaba relacionado con la maldición del hombre lobo de alguna manera. Investigando en los barrios bajos y en tiendas de lo oculto y fenómenos paranormales, descubrió que Lucian había vivido en Guadalajara durante un tiempo y tenía vínculos con antiguos rituales oscuros.

Miguel y Sofía, por su parte, también se toparon con el nombre de Lucian en su búsqueda. Era un personaje enigmático, con conexiones en el inframundo y un interés particular en el hombre lobo. Los tres sabían que Lucian era un peligro latente, y debían estar atentos a cualquier movimiento suyo.

La atmósfera en Guadalajara era diferente a la de Monterrey o Puebla. Las calles, aunque llenas de vida durante el día, adquirían una extraña quietud durante la noche, como si la ciudad misma temiera los horrores que acechaban en la oscuridad. Los rumores de ataques y desapariciones aumentaban, y la sensación de peligro era palpable.

Miguel y Sofía encontraron consuelo en su creciente relación, que se convirtió en una relación amorosa que les dio un respiro en medio de la pesadilla que enfrentaban. Mientras tanto, Ramírez trabajaba incansablemente para desentrañar la conexión entre Lucian y la maldición.

El viaje a Guadalajara no estuvo exento de desafíos. El detective Ramírez, Miguel y Sofía se enfrentaron a la creciente amenaza de los ataques del hombre lobo. La criatura parecía volverse más astuta, escogiendo sus momentos de ataque con cuidado, lo que dejaba al trío en constante estado de alerta.

En su investigación, Ramírez descubrió un rastro de asesinatos y desapariciones en las afueras de Guadalajara que se asemejaban a los ataques de Monterrey. Estos eventos parecían estar relacionados con rituales oscuros realizados por una secta que adoraba a la criatura. Ramírez sospechaba que Lucian podría estar involucrado en estos rituales.

Ramírez reunió suficiente información en Guadalajara para establecer enlaces más claros entre Lucian y la maldición. Sabía que el siguiente paso era dirigirse a Ciudad de México, donde creía que Lucian podría estar escondido, de acuerdo a la información que pudo recabar en sus nuevas conexiones con miembros y seguidores del mundo esotérico.

El viaje a la Ciudad de México fue más inquietante de lo que habían anticipado. La metrópoli, con su gran tamaño y complejidad, ofrecía una variedad de lugares donde Lucian podría esconderse. Las calles abarrotadas, los edificios antiguos y las leyendas urbanas agregaban un toque de misterio a su búsqueda.

Ramírez, Miguel y Sofía comenzaron a investigar en lugares clave relacionados con la historia de los hombres lobo y rituales oscuros en la ciudad. Encontraron varios barrios antiguos donde los mitos sobre criaturas sobrenaturales habían perdurado a lo largo de los años. Entre los sitios que visitaron, se toparon con un antiguo templo en ruinas, escondido en el corazón de la ciudad. El lugar tenía un aire siniestro y abandonado, y Ramírez no pudo evitar pensar que Lucian podría estar vinculado a ese sitio de alguna manera.

Miguel y Sofía, mientras tanto, seguían fortaleciendo su relación amorosa en medio de la pesadilla que vivían. A pesar del peligro constante, se daban fuerzas mutuamente para seguir adelante.

Ramírez, por su parte, continuó su investigación, enfocándose en rastrear a Lucian y descubrir su relación con el hombre lobo. Las pistas eran vagas, pero su determinación no flaqueaba.

Mientras continuaban su búsqueda en la Ciudad de México, Ramírez, Miguel y Sofía se vieron envueltos en una red de secretos oscuros que la ciudad escondía. El pasado de Lucian se volvió más claro a medida que Ramírez descubría registros antiguos que mencionaban su participación en rituales de transformación.

Miguel y Sofía exploraron lugares en los que Lucian había sido visto o mencionado en el pasado. Entre los callejones oscuros y los edificios abandonados, notaron símbolos extraños grabados en las paredes, signos que parecían tener una conexión con la maldición.

Una noche, mientras patrullaban una zona poco transitada, el grupo escuchó un aullido que resonó en el aire. Los tres se prepararon para enfrentarse al hombre lobo, pero se encontraron con una escena aún más inquietante: un círculo ritualístico con restos de animales sacrificados y velas negras colocadas alrededor.

Ramírez, Miguel y Sofía se adentraron en el círculo, examinando cuidadosamente los símbolos grabados en el suelo. Sabían que Lucian había estado allí y que la maldición del hombre lobo estaba más presente que nunca.

La investigación los llevó a descubrir una conexión entre Lucian y una antigua familia de la ciudad, relacionada con la maldición y los rituales oscuros que buscaban controlar al hombre lobo.

El descubrimiento de los rituales oscuros intensificó la búsqueda de Miguel, Sofía y Ramírez en la Ciudad de México. La conexión de Lucian con una antigua familia de la ciudad agregó una nueva capa de misterio a su investigación, y supieron que estaban más cerca de la verdad de lo que jamás habían estado.

A medida que escudriñaban entre los registros y documentos antiguos, encontraron evidencias de que la familia de Lucian había sido clave en la creación de la maldición del hombre lobo, utilizando rituales de sacrificio y oscuros pactos con entidades desconocidas.

Con cada pista que encontraban, Miguel y Sofía se sentían más unidos en su misión y en su relación. Sabían que enfrentarían desafíos mayores, pero su amor les daba la fuerza necesaria para seguir adelante. Por su parte, Ramírez estaba decidido a desentrañar el papel de Lucian en los ataques recientes y en la perpetuación de la maldición. Descubrió que Lucian tenía una propiedad en los límites de la ciudad, una mansión antigua rodeada de un bosque denso.

El trío decidió dirigirse a la mansión de Lucian, sabiendo que allí podrían encontrar respuestas a sus preguntas y tal vez enfrentarse a la criatura una vez más. El viaje hasta la propiedad estuvo cargado de tensión, con una sensación de peligro en el aire.

El trío llegó a la mansión de Lucian al anochecer. El lugar emanaba un aire de abandono y oscuridad. La mansión, rodeada por el bosque, parecía sacada de una pesadilla: sus ventanas rotas, la pintura desgastada y los árboles retorcidos que la rodeaban creaban un ambiente siniestro. Miguel, Sofía y Ramírez sabían que era probable que Lucian y el hombre lobo estuvieran cerca, por lo que avanzaron con precaución, manteniendo sus linternas encendidas y sus armas listas, especialmente la daga, que el detective Ramírez guardaba sigilosamente en su abrigo.

Mientras se acercaban a la entrada principal, se dieron cuenta de que la puerta estaba ligeramente entreabierta, como si los estuviera esperando.

Entraron en la mansión y se encontraron en un vestíbulo oscuro y polvoriento. Los muebles antiguos estaban cubiertos con sábanas blancas y el aire estaba cargado de humedad y decadencia. El lugar parecía estar atrapado en el tiempo, como si nada hubiera cambiado en décadas.

Avanzaron hacia el interior de la mansión, recorriendo los pasillos largos y oscuros. Las sombras parecían moverse a su alrededor y el silencio era casi ensordecedor. De repente, escucharon un susurro inquietante proveniente de una habitación al final del pasillo. El susurro aumentó en intensidad a medida que Miguel, Sofía y Ramírez se acercaban a la habitación al final del pasillo. El detective hizo una señal para que avanzaran con cautela, sabiendo que estaban a punto de enfrentar algo desconocido.

Al entrar en la habitación, se encontraron con un espectáculo aterrador: paredes cubiertas de símbolos oscuros y restos de rituales similares a los que habían encontrado en el bosque de Puebla. En el centro de la habitación había un altar con objetos extraños y perturbadores, incluido un libro encuadernado en cuero que contenía escrituras antiguas.

Ramírez se acercó al altar con precaución, examinando el libro y las inscripciones. Mientras tanto, Miguel y Sofía registraron la habitación en busca de cualquier pista sobre Lucian o la maldición del hombre lobo.

La atmósfera era densa, y los tres sabían que estaban en el epicentro de la influencia maligna.

De repente, la puerta se cerró de golpe detrás de ellos, atrapándolos en la habitación. El sonido resonó en sus oídos y se giraron rápidamente para enfrentar cualquier amenaza que pudiera aparecer. Los tres estaban listos para luchar si era necesario. Pero en lugar de la criatura, se encontraron cara a cara con Lucian, quien había estado oculto en las sombras de la habitación. Su rostro mostraba una mezcla de rabia y diversión maliciosa.

La presencia de Lucian en la habitación hizo que el aire se volviera aún más tenso. Miguel, Sofía y Ramírez lo miraron con cautela, conscientes de que estaban ante un hombre con un conocimiento oscuro y una conexión profunda con la maldición del hombre lobo.

Lucian les sonrió de manera siniestra, como si se divirtiera con su sorpresa.

—Finalmente nos encontramos —dijo con voz suave pero cargada de amenaza—. Han sido persistentes en su búsqueda, pero están jugando con fuerzas que no comprenden.

Ramírez, manteniendo la calma, dio un paso adelante.

—Sabemos más de lo que crees, Lucian. Hemos llegado hasta aquí para detenerte y terminar con esta maldición de una vez por todas.

Lucian soltó una risa baja y gutural.

—Detenerme, dices. ¿Y cómo planeas hacer eso? Ustedes no son más que peones en un juego mucho más grande de lo que imaginan.

Miguel, decidido a enfrentar a Lucian, intervino.

—Estamos preparados para lo que sea necesario. Sabemos que has estado usando estos rituales para desatar al hombre lobo, pero no te saldrás con la tuya.

Lucian observó a Miguel con interés.

—Oh, Miguel, no sabes cuánto me agrada ver tu valentía. Lamentablemente, todo esto es mucho más complicado de lo que piensas—. Su mirada se volvió oscura: el enfrentamiento estaba a punto de intensificarse.

Lucian avanzó lentamente hacia Miguel, Sofía y Ramírez, con una mirada calculadora y peligrosa. El trío se preparó para cualquier movimiento repentino, manteniendo su posición firme en medio de la habitación.

Lucian continuó hablando, su voz llena de burla.

—Han llegado hasta aquí, pero no tienen idea de los secretos que guarda esta maldición ni de lo que está en juego. El hombre lobo es sólo el comienzo de una cadena de eventos que ni siquiera pueden imaginar.

Sofía dio un paso adelante, su determinación brillando en sus ojos.

—No subestimes nuestra capacidad para luchar contra esta maldición. Sabemos que estás involucrado en todo esto, y te detendremos.

Lucian soltó una risa oscura.

—¿Detenerme? Oh, querida Sofía, si tan solo supieras lo insignificantes que son tus esfuerzos. La maldición ha existido durante siglos, y yo soy sólo un eslabón en esta cadena ancestral.

Miguel, furioso ante la actitud de Lucian, se preparó para enfrentarlo. Pero antes de que pudiera actuar, Lucian levantó la mano, revelando un objeto oscuro y brillante en su palma: una piedra antigua y llena de energía, que parecía emanar una fuerza desconocida.

La piedra que Lucian sostenía parecía vibrar con un poder siniestro. Miguel, Sofía y Ramírez podían sentir la energía oscura que emanaba de ella, envolviendo la habitación en un aura aún más inquietante.

Lucian sonrió, deleitándose con la reacción de los tres.

—Esta piedra es la clave de la maldición del hombre lobo. Con ella puedo controlar a la bestia y desatar su furia cuando lo desee. Ha sido mi arma secreta, y ustedes están a punto de presenciar su poder.

Miguel se preparó para arremeter contra Lucian, pero Sofía lo detuvo, sabiendo que debían actuar con cautela. Ramírez, mientras tanto, analizó la situación, buscando una oportunidad para arrebatar la piedra de las manos de Lucian y asestar un golpe definitivo con la daga. Estaba preparado.

—Tu juego se acabó, Lucian —dijo Ramírez con voz firme—. Has causado suficiente sufrimiento, y no vamos a permitir que continúes manipulando a la criatura y a quienes caen en tu camino.

Lucian levantó la piedra y por un momento pareció que todo el aire en la habitación se detenía. La tensión era palpable, y Miguel, Sofía y Ramírez sabían que estaban a punto de enfrentar un peligro sin precedentes.

Con un gesto amenazante, Lucian levantó la piedra sobre su cabeza. El poder oscuro que emanaba de ella se intensificó, llenando la habitación con un brillo siniestro. Miguel, Sofía y Ramírez sabían que debían actuar rápidamente.

Miguel se lanzó hacia Lucian, intentando arrebatarle la piedra. Sin embargo, Lucian reaccionó con agilidad, esquivando el ataque y lanzando un rayo de energía oscura hacia Miguel. Este logró esquivarlo por poco, pero el impacto dejó una marca chamuscada en la pared.

Sofía, viendo a Miguel en peligro, tomó una decisión rápida. Se abalanzó sobre Lucian, tratando de distraerlo mientras Ramírez buscaba una oportunidad para atacarlo con la daga.

Lucian forcejeó con Sofía, tratando de mantenerla a raya mientras mantenía su atención en Miguel y Ramírez.

Ramírez aprovechó el momento para acercarse a Lucian y golpearlo con su arma. El impacto hizo que Lucian soltara la piedra, que cayó al suelo y rodó hacia un rincón oscuro de la habitación.

Miguel, aun recuperándose de su ataque fallido, vio la oportunidad y se lanzó hacia la piedra, agarrándola antes de que Lucian pudiera recuperarla. La energía de la piedra era intensa, casi abrumadora, pero Miguel se mantuvo firme, decidido a poner fin a la maldición.

Con la piedra en sus manos, sintió una corriente de energía oscura recorriendo su cuerpo. El poder era casi insoportable, pero sabía que no podía dejar que Lucian la recuperara. Debía actuar con rapidez para evitar que la maldición se extendiera aún más.

Ramírez se enfrentó a Lucian con valentía, intentando mantenerlo alejado de Miguel. Sofía también intervino, tratando de distraer al antagonista con movimientos ágiles y precisos. El enfrentamiento fue feroz y Lucian utilizó toda su astucia y habilidades para recuperar la piedra.

Mientras tanto, Miguel trató de concentrarse en la energía de la piedra, buscando una forma de neutralizarla. Recordó las palabras de Don Anselmo sobre la necesidad de realizar un sacrificio para romper la maldición. Sabía que debía estar preparado para lo peor.

Lucian logró deshacerse momentáneamente de Sofía y Ramírez, avanzando hacia Miguel con una expresión de triunfo en su rostro.

—Esa piedra no te pertenece, Miguel —dijo Lucian con una voz llena de rabia contenida—. Devuélvemela o sufrirás las consecuencias.

Miguel se mantuvo firme, sabiendo que no podía permitir que Lucian recuperara la piedra.

—No voy a dejar que continúes con esta locura —respondió Miguel, determinado a enfrentar al brujo siniestro.

La lucha entre Miguel y Lucian alcanzó su clímax en medio de la habitación sombría. Miguel, sosteniendo la piedra con fuerza, sintió el peso de la energía oscura emanando de ella. Su mente luchaba por resistirse a la influencia maligna que amenazaba con consumirlo.

Lucian, con una mirada de frenesí en los ojos, avanzó hacia Miguel con la intención de arrebatarle la piedra. Sus manos se alargaban con avidez, sus movimientos eran rápidos y feroces. Ramírez y Sofía intervinieron, tratando de mantener a Lucian a raya, pero el brujo parecía haber desatado una fuerza desconocida.

El enfrentamiento fue aterrador, como si el mismísimo infierno se hubiera desatado en la habitación. La luz parpadeante de las velas arrojaba sombras danzantes en las paredes y el aire se llenó de un hedor a azufre.

Mientras Miguel trataba de resistir el poder de la piedra, visiones perturbadoras asaltaron su mente: escenas de horror, criaturas monstruosas con rostros distorsionados que lo miraban con hambre. El miedo lo envolvió pero su determinación de poner fin a la maldición lo mantuvo en pie.

Con un último esfuerzo de voluntad, Miguel logró enfocar su mente y utilizar la piedra para canalizar la energía oscura hacia Lucian. El brujo, atrapado en medio del torbellino de poder, lanzó un grito agónico mientras su forma se retorcía.

El grito resonó en toda la mansión, sacudiendo las paredes con una intensidad casi sobrenatural. La energía oscura de la piedra envolvió a Lucian, quien se transformó ante los ojos de Miguel, Sofía y Ramírez. El horror se manifestó en su rostro, una mezcla de sorpresa y dolor indescriptible.

El brujo siniestro luchó contra el poder que lo consumía, pero fue inútil. La maldición del hombre lobo lo estaba atrapando, llevándolo al borde de la locura. Sus aullidos de agonía se mezclaban con risas macabras, como si estuviera perdiendo el control de sí mismo.

Sofía y Ramírez observaron la escena con temor, conscientes de que Lucian se estaba volviendo aún más peligroso. Miguel, por su parte, trató de mantener el control de la situación, canalizando la energía de la piedra para debilitar a Lucian y liberar el poder oscuro que lo mantenía cautivo.

El enfrentamiento se convirtió en una batalla de voluntades. Miguel resistía el peso de la piedra y Lucian trataba de deshacerse de su maldición. El miedo y el terror se entrelazaron con la lucha, creando un ambiente tenso y perturbador.

La batalla en la habitación se intensificó, el aire vibrando con la energía oscura y los gritos desgarradores de Lucian. Su transformación era grotesca, sus extremidades se retorcían de forma antinatural mientras luchaba contra la maldición. Su piel se cubrió de un vello oscuro y espeso, y sus ojos brillaron con un resplandor demoníaco.

Miguel sintió el peso de la piedra en sus manos, su energía ardiendo como un fuego oscuro que amenazaba con consumirlo. Las visiones de horror se multiplicaron en su mente, mostrando escenas de muerte y destrucción causadas por la maldición. La desesperación amenazaba con nublar su juicio, pero se aferró a su determinación de liberar a Lucian de la maldición.

Sofía y Ramírez no podían apartar la mirada de Lucian, cuya forma mutante era un espectáculo digno de una pesadilla. Las sombras de la habitación parecían cobrar vida propia, moviéndose y contorsionándose con una malevolencia palpable. El miedo era casi tangible, un manto frío que envolvía a todos.

Mientras Miguel canalizaba la energía de la piedra hacia Lucian, el brujo, ahora sufriendo la mutación del hombre lobo, lanzó un rugido ensordecedor. La habitación pareció estremecerse con su grito, y los objetos comenzaron a temblar y caer de las estanterías. Sofía se refugió detrás de Miguel, tratando de mantenerse a salvo de los destrozos.

La habitación estaba sumida en un caos total. Los muebles crujían y se movían con violencia, como si estuvieran poseídos por fuerzas oscuras. El aire estaba impregnado de un hedor a sangre y azufre, mientras la batalla entre Miguel y Lucian alcanzaba un punto crítico.

Miguel, luchando por mantener el control de la picdra, se enfrentó a una visión monstruosa de Lucian. Su transformación era más que aterradora: su cuerpo se retorcía, sus huesos crujían al adoptar formas grotescas y su mandíbula se alargaba, revelando colmillos afilados como cuchillas.

Sofía, aterrada pero decidida a apoyar a Miguel, buscó cualquier oportunidad para intervenir. La escena era espeluznante, con Lucian oscilando entre su forma humana y su otra forma, dando rugidos de furia que resonaban por toda la mansión. La transformación había concluido y entre las tinieblas de la noche surgió la inmensa figura del hombre lobo.

Ramírez también se mantuvo alerta, listo para actuar si era necesario. Observó cómo Miguel utilizaba la piedra para enfrentarse a Lucian, pero también notaba los signos de lucha interna en el rostro de su amigo: Miguel luchaba por resistir el oscuro poder de la piedra mientras contemplaba impávido el despertar del diablo, ahora convertido en un gigantesco hombre lobo.

La tensión en la habitación era casi insoportable, y el terror alcanzó nuevas alturas a medida que la maldición del hombre lobo se hizo presente en toda su gloria. La criatura era ya una amenaza cada vez más incontrolable.

Miguel luchaba contra el poder de la piedra, tratando de mantener a raya la influencia oscura que buscaba arrastrarlo a un abismo de locura. Lucian, cada vez más consumido por la maldición, mostraba signos de haber perdido por completo su humanidad. La criatura se manifestaba en ataques violentos y movimientos impredecibles.

La bestia golpeaba las paredes con furia, rasgando el papel de las paredes con sus garras afiladas y dejando marcas profundas en la madera de los muebles. Sofía, viendo la lucha de Miguel, gritó su nombre, intentando darle fuerzas para resistir.

—Miguel, ¡no te rindas! —exclamó Sofía con desesperación, su voz llena de miedo y preocupación.

Ramírez, atento a cualquier señal de peligro, se mantuvo a un lado, listo para intervenir si Miguel no lograba controlar la situación.

La piedra, en manos de Miguel, brillaba con un resplandor casi cegador, y la habitación se llenó de sombras danzantes que parecían tener vida propia. Lucian lanzó un nuevo rugido, aún más desgarrador, su voz llena de agonía mientras luchaba contra el poder de la piedra y su propia maldición.

Miguel apretó la piedra con más fuerza, canalizando toda su voluntad en una última resistencia contra el poder oscuro. El miedo y el terror en la habitación alcanzaron nuevos niveles. La figura del hombre lobo destruía todo a su paso y lanzaba zarpazos a Miguel, quien en un esfuerzo sobrehumano supo resistir al efecto adverso de la piedra en sus manos.

Miguel, sofocado por el peso de la energía oscura de la piedra, vio cómo el hombre lobo se dirigía ágilmente hacia Sofía. Sus ojos brillaban con un odio visceral, y su rugido sacudió las ventanas y el suelo.

Sofía, muy atenta, supo esquivar el intento de ataque del hombre lobo y a su vez observó a Miguel con preocupación, notando cómo luchaba contra el poder que lo consumía. La presencia de la piedra amenazaba con arrastrarlo a un pozo oscuro y ella supo que debía actuar para salvarlo de sí mismo.

Con valentía, Sofía se interpuso entre Miguel y Lucian, gritando a Miguel que soltara la piedra. Miguel, su mente dividida entre el terror y la determinación, luchó por responder. El hombre lobo vio nuevamente una oportunidad de atacar y lanzó un zarpazo frenético hacia Sofía.

Ramírez, anticipándose al movimiento de la criatura, se abalanzó sobre ella con la daga en mano, bloqueando el ataque con un golpe certero, pero no mortal. La bestia gruñó con rabia, retrocediendo ante la inesperada resistencia. Ramírez le había dado a Miguel el tiempo suficiente para recuperar el control.

Miguel, viendo a Sofía en peligro, reunió todas sus fuerzas y lanzó la piedra hacia Lucian, el hombre lobo, golpeándolo en el pecho. Un destello de luz cegadora envolvió a la criatura y Lucian lanzó un grito desgarrador mientras se retorcía en agonía.

El grito de Lucian resonó en la habitación, y el destello de luz lo consumió por completo. Miguel, Sofía y Ramírez observaron con horror cómo la criatura se desvanecía en una nube de sombras y cenizas. El aire se llenó de un hedor a podredumbre, y la mansión tembló bajo la fuerza del suceso sobrenatural.

Cuando la luz se desvaneció, la habitación quedó sumida en un silencio espectral. Lucian ya no estaba y la piedra yacía en el suelo, ahora apagada y sin brillo. Miguel respiró con dificultad, sintiendo el alivio de haber salido victorioso de momento, pero también con la preocupación por lo que vendría después. Todos sabían que Lucian no había muerto pues la maldición del hombre lobo lo protegía.

Habían ganado la batalla, pero aún quedaba mucho camino por recorrer.

Sofía se acercó a Miguel y lo abrazó, tratando de reconfortarlo tras la intensa experiencia. Ramírez se agachó y recogió la piedra, guardándola con cautela. Sabía que, aunque Lucian hubiera sido derrotado, la lucha contra la maldición del hombre lobo aún no había terminado.

El trío salió de la mansión, dejando atrás los restos de lo que había sido una batalla contra el mal encarnado. Sabían que aún había misterios por resolver y que el viaje a la Ciudad de México les revelaría más secretos sobre la maldición y su origen

A medida que abandonaban la propiedad, una sensación de inquietud permanecía en sus corazones. Aunque Lucian había desaparecido frente a sus ojos, el peligro de la maldición todavía acechaba en las sombras, y su viaje apenas comenzaba.

ENCUENTRO CON BRUJOS Y PROFESORES

Cuando Miguel, Sofía y Ramírez dejaron atrás la siniestra mansión, sabían que su búsqueda estaba lejos de terminar. La oscuridad que encontraron entre esas paredes se aferró a ellos como una sombra fría. La sensación de pavor era ineludible mientras se dirigían al siguiente destino en la Ciudad de México.

Su búsqueda los llevó a las afueras de la ciudad, donde calles antiguas y sinuosas estaban bordeadas de casas en ruinas y escaparates descoloridos. Susurros de brujería y rituales antiguos impregnaban el aire. Miguel podía sentir la presencia persistente de magia oscura, como si toda el área fuera una trampa esperando ser activada.

El trío visitó una misteriosa librería conocida por sus textos raros y prohibidos. Los estantes de la tienda estaban llenos de tomos polvorientos y pergaminos antiguos, con sus títulos escritos en idiomas olvidados hacía mucho tiempo. Los ojos de Ramírez recorrieron la habitación, notando los símbolos grabados en los estantes de madera y el inquietante silencio que flotaba en el aire.

Sofía se acercó al mostrador, donde los recibió una señora mayor de mirada penetrante. Afirmó poseer conocimiento de la maldición del hombre lobo y las artes oscuras que la rodeaban. Su voz transmitía una calma inquietante que insinuaba las profundidades de su poder y comprensión.

La mujer, conocida como Úrsula, ofreció información a cambio de un precio. Miguel, Sofía y Ramírez intercambiaron miradas, conscientes de que el conocimiento que buscaban era vital para su misión, pero también sabían que lidiar con alguien como Úrsula podría traerles problemas inesperados.

Aceptaron el trato y la anciana les mostró un libro antiguo, encuadernado en cuero gastado. El texto estaba lleno de símbolos y runas que parecían pulsar con energía oscura. Mientras lo hojeaban, Úrsula les advirtió sobre los peligros de adentrarse en los misterios de la maldición.

—El hombre lobo no es el único peligro que enfrentarán —dijo ella con una sonrisa siniestra—. Los brujos que han intentado controlar la maldición están entre nosotros, y algunos no dudarán en proteger sus secretos con sangre.

Después de obtener la información necesaria, el trío se despidió de Úrsula, sintiendo su mirada penetrante seguirlos mientras salían de la tienda. La noche estaba cayendo y sabían que debían actuar con cautela.

La noche se volvió más espesa a medida que Miguel, Sofía y Ramírez se adentraron en el barrio oscuro y silencioso. Las sombras parecían alargarse, envolviéndolos en un manto conocido de misterio. A sugerencia de Úrsula, decidieron visitar a un profesor por su experiencia en ciencias ocultas y magia negra, esperando obtener respuestas sobre la maldición del hombre lobo.

El profesor, llamado Bernard, los recibió en su pequeña casa repleta de libros antiguos y objetos extraños. Tenía una apariencia desaliñada, pero sus ojos irradiaban una inteligencia aguda y desconcertante. Los condujo a su estudio, donde había diagramas, frascos con hierbas y herramientas de alquimia esparcidas por todas partes.

Bernard escuchó atentamente el relato del trío sobre sus encuentros con el hombre lobo y cómo fueron testigos de la transformación de Lucian, el brujo. Se mostró intrigado por la piedra y sus poderes oscuros.

—Esa piedra es una llave, un conducto hacia fuerzas antiguas y peligrosas —les advirtió—. Su manejo es arriesgado y requiere conocimientos profundos.

A medida que Bernard les explicaba los secretos de la maldición, una sensación de inquietud se apoderó de ellos. El profesor mencionó rituales oscuros y sacrificios humanos realizados en lugares remotos de la ciudad, relacionados con la expansión de la maldición.

El profesor Bernard compartió detalles inquietantes sobre los brujos que practicaban la magia negra en la ciudad. Según él, algunos de estos brujos habían hecho tratos con entidades oscuras para obtener poder y control sobre la maldición del hombre lobo. Estos tratos implicaban terribles sacrificios y actos de crueldad.

Mientras Miguel, Sofía y Ramírez escuchaban atentamente, una sensación de terror les recorría el cuerpo. Bernard les habló de un ritual que se había llevado a cabo en un antiguo cementerio, un lugar donde se creía que las energías oscuras se concentraban con fuerza.

El profesor advirtió que los brujos eran extremadamente peligrosos y astutos. No se detenían ante nada para lograr sus objetivos. Además, podían cambiar de forma y ocultarse entre la gente común, lo que los hacía aún más difíciles de identificar.

Sofía preguntó a Bernard si conocía alguna forma de detener la maldición y liberar a Miguel de su carga. El profesor respondió que sólo a través de un ritual específico podrían romper el lazo con la maldición, pero el proceso sería complicado y arriesgado. El ritual que Bernard mencionó era conocido como "El rito de la luna oscura", un procedimiento que involucraba elementos peligrosos como sangre de brujos antiguos y que debía llevarse a cabo durante una noche sin luna.

Si lo lograban, Miguel podría liberarse de la maldición, pero el costo podría ser alto.

Miguel, Sofía y Ramírez intercambiaron miradas, conscientes de los riesgos involucrados, pero sabían que no podían dejar pasar esta oportunidad. Bernard les proporcionó instrucciones precisas sobre cómo realizar el rito y les dio una lista de materiales necesarios.

Mientras se preparaban para despedirse, Bernard les advirtió que los brujos de la ciudad también estaban buscando la piedra y podrían intentar impedir que llevaran a cabo el ritual. Su presencia había despertado la atención de estas fuerzas oscuras.

El trío salió de la casa de Bernard con una mezcla de esperanza y temor. La información proporcionada por el profesor era invaluable, pero los había sumido en un mundo aún más oscuro y peligroso del que ya conocían.

A medida que avanzaban por las calles desiertas, la luna comenzaba a asomar tímidamente entre las nubes, como una advertencia de los desafíos que enfrentarían en los próximos días Miguel, Sofía y Ramírez discutieron sus próximos pasos. Debían encontrar los materiales necesarios para el ritual, lo que los llevaría a recorrer rincones oscuros y peligrosos de la ciudad.

Primero se dirigieron a un mercado oculto en un barrio antiguo, conocido por comerciar con artículos oscuros y prohibidos. Las estrechas calles estaban repletas de puestos con extraños objetos, desde hierbas hasta pociones. El ambiente era inquietante y los ojos de los vendedores los seguían con desconfianza.

Miguel sintió un escalofrío recorrer su espalda cuando notó un puesto lleno de máscaras macabras y amuletos antiguos. Sofía y Ramírez también sintieron la atmósfera pesada y se mantuvieron cerca de Miguel, listos para actuar si era necesario.

Después de encontrar algunos de los materiales necesarios, se dirigieron a un antiguo cementerio mencionado por Bernard. El lugar estaba envuelto en sombras, con lápidas cubiertas de musgo y árboles retorcidos que parecían susurrar secretos oscuros. La búsqueda los llevó a una cripta abandonada donde encontraron un frasco con sangre de brujos antiguos. El hallazgo les dio una sensación de logro, pero también intensificó su temor, ya que sabían que estaban un paso más cerca de completar el rito.

Miguel, Sofía y Ramírez se apresuraron a salir del cementerio, sintiendo que el peligro estaba más cerca que nunca. Los ruidos inquietantes de las ramas crujientes y el susurro del viento entre las lápidas aumentaban su ansiedad. La oscuridad se volvía más densa, y la luna parecía esconderse de ellos.

De regreso a la ciudad, se dirigieron a un refugio seguro que Ramírez había encontrado previamente. Allí pudieron revisar lo que habían obtenido y planificar sus próximos pasos con cautela. Mientras discutían el ritual, se dieron cuenta de que el riesgo no sólo residía en llevarlo a cabo, sino también en mantenerse a salvo de los brujos y otros enemigos que podrían intentar interponerse. Decidieron actuar con rapidez y realizar el ritual tan pronto como reunieran todo lo necesario.

Al día siguiente comenzaron a preparar el ritual siguiendo las instrucciones de Bernard. Buscaron un lugar seguro y aislado para llevarlo a cabo sin interrupciones y finalmente encontraron una antigua capilla abandonada en las afueras de la ciudad, rodeada de un bosque espeso que proporcionaría el aislamiento que necesitaban.

La capilla estaba en ruinas, con vitrales rotos y bancas cubiertas de polvo. Sin embargo, Miguel, Sofía y Ramírez se prepararon para enfrentarse a lo desconocido, dispuestos a desafiar las sombras y liberar a Miguel de la maldición del hombre lobo. La capilla abandonada se encontraba en un estado de descomposición avanzada, pero ofrecía el refugio perfecto para el ritual.

Al entrar, Miguel, Sofía y Ramírez inspeccionaron el lugar con precaución, asegurándose de que no hubiera signos de intrusión reciente o trampas ocultas.

Las paredes de la capilla estaban cubiertas de moho y desgastadas por el tiempo. Los vitrales rotos permitían que la luz de la luna entrara, proyectando sombras inquietantes en el interior.

El altar estaba cubierto de polvo, pero aún se podían distinguir inscripciones antiguas y símbolos sagrados.

Mientras se preparaban para el ritual, Miguel no pudo evitar sentir un escalofrío. La atmósfera era opresiva, como si la capilla misma estuviera imbuida de un poder oscuro y olvidado. Sofía y Ramírez compartían su inquietud, pero estaban decididos a llevar a cabo el ritual. Colocaron los materiales necesarios en el altar: la piedra, el frasco con sangre de brujos antiguos y otros elementos que habían reunido. Ramírez leyó en voz alta las palabras del ritual, siguiendo las instrucciones precisas de Bernard.

A medida que avanzaron en el ritual, la energía en el aire cambió. Una corriente de poder recorrió la capilla, haciendo que los objetos vibraran levemente. Miguel se mantuvo enfocado, consciente de la importancia de completar el rito para liberarse de la maldición.

El ritual avanzaba y la tensión en la capilla se intensificaba con cada palabra pronunciada por Ramírez. Miguel, Sofía y Ramírez sentían que la oscuridad se cernía sobre ellos, observándolos desde las sombras. La luz de las velas parpadeaba, proyectando siluetas inquietantes en las paredes desgastadas.

A medida que el ritual se acercaba a su punto culminante, la piedra que Miguel había recuperado comenzó a brillar con una energía oscura. El resplandor crecía en intensidad, envolviendo a Miguel en un aura siniestra. Sentía la lucha interna entre su voluntad y el poder de la piedra.

Sofía, preocupada por Miguel, trató de darle fuerzas con su mirada. Ramírez, por su parte, continuaba recitando las palabras del ritual con determinación, consciente de la importancia de completar el proceso. De repente un estruendo resonó en la capilla, como si las mismas paredes estuvieran protestando contra el ritual. Las sombras parecieron cobrar vida propia, bailando en un frenesí oscuro. Miguel luchaba por mantener el control, sintiendo cómo la maldición trataba de tomar el control de su mente.

A pesar de la presión, Miguel logró mantenerse enfocado en el ritual. Con cada palabra pronunciada, sentía que la piedra respondía a su voluntad. Sabía que tenía que seguir adelante, no sólo por él, sino por Sofía y Ramírez, quienes estaban a su lado, enfrentando el mismo peligro

El ritual alcanzaba su clímax en la capilla abandonada. Miguel, aún luchando contra el poder de la piedra, sintió que el peso de la maldición comenzaba a ceder. A su alrededor, el aire estaba cargado de energía oscura, pero su mente se mantenía clara y decidida.

Sofía observaba a Miguel con preocupación mientras Ramírez continuaba con el ritual, su voz resonando en la capilla vacía. A medida que avanzaban, el resplandor de la piedra se volvió más intenso, iluminando las sombras y revelando los rincones ocultos de la capilla.

De repente, una ráfaga de viento frío atravesó la capilla, apagando algunas velas y provocando le escalofríos a los tres. Las paredes parecían estremecerse, como si la capilla estuviera viva y resistiere el ritual.

Miguel se mantuvo firme, sabiendo que estaba cerca de lograr su objetivo. Con un último esfuerzo de concentración, dirigió toda su energía hacia la piedra, enfrentándose a la maldición con toda su fuerza de voluntad.

El ritual alcanzó su punto culminante y la piedra emitió un destello cegador de luz oscura. Miguel gritó de dolor y esfuerzo, sintiendo cómo la maldición luchaba por aferrarse a él. Pero, poco a poco, el poder de la piedra comenzó a disiparse. La luz oscura de la piedra comenzó a desvanecerse, liberando a Miguel de su dominio. Sofía y Ramírez lo observaron con asombro mientras Miguel se tambaleaba, recuperándose del esfuerzo.

La atmósfera en la capilla se volvió más clara, como si un peso invisible se hubiera levantado.

Sofía corrió hacia Miguel, abrazándolo con fuerza.

—Lo lograste —le susurró al oído, aliviada por su victoria.

Ramírez, aún vigilante, observó a la piedra perder su brillo, volviéndose una simple roca sin vida.

—Este es sólo el primer paso" —dijo Ramírez, recordándoles que aún tenían un largo camino por recorrer: aunque Miguel se había librado de la maldición por ahora, sabían que Lucian y otros brujos todavía estaban ahí afuera, esperando la oportunidad de recuperar la piedra y continuar con sus planes siniestros.

Miguel, respirando con dificultad, asintió.

—Sí, tenemos que seguir adelante —respondió, sabiendo que la lucha estaba lejos de terminar. Aunque se sentía aliviado por el éxito del ritual, también era consciente de los peligros que aún enfrentaban.

El trío decidió dejar la capilla y regresar a la ciudad. Mientras salían, el aire frío de la noche les recordó que el peligro seguía acechando en las sombras. Sin embargo, también sintieron una renovada determinación para enfrentar cualquier obstáculo que se les presentara. A medida que abandonaban la capilla, Miguel, Sofía y Ramírez eran conscientes de la importancia de proteger la piedra y mantenerla lejos de las manos equivocadas. Los tres discutieron sus próximos pasos mientras se dirigían hacia la ciudad con el objetivo de encontrar un lugar seguro donde refugiarse.

La capilla quedó atrás mientras el trío regresaba a la ciudad con la certeza de que el ritual había sido exitoso, pero también con la consciencia de que su lucha estaba lejos de terminar. Los peligros acechaban en cada esquina, y el verdadero enfrentamiento con los brujos aún se avecinaba.

A medida que se adentraban en las calles desiertas de la ciudad, una sensación de inquietud los envolvía. Sentían que los brujos y otras entidades oscuras les seguían de cerca, esperando la oportunidad de atacar cuando estuvieran más vulnerables.

Decidieron reunirse con el profesor Bernard una vez más para informarle sobre los avances del ritual y obtener más orientación. El profesor, aunque complacido con su éxito, advirtió que los brujos no se quedarían de brazos cruzados y probablemente intentarían vengarse.

—Deben permanecer atentos y preparados para cualquier cosa —dijo Bernard, su mirada cargada de preocupación—. Los brujos son astutos y podrían estar diseñando un contraataque. Manténganse unidos y no confíen en nadie.

El profesor también les recomendó fortalecer sus defensas mágicas para protegerse de posibles ataques. Les mostró algunas técnicas de protección y les proporcionó amuletos para ayudarlos en su viaje.

Agradecidos por su ayuda, Miguel, Sofía y Ramírez se despidieron del profesor Bernard, sintiendo una mezcla de temor y determinación. Sabían que enfrentaban a un enemigo poderoso y que necesitarían toda la fuerza y sabiduría posible para superar los desafíos que se avecinaban.

Miguel, Sofía y Ramírez continuaron su camino por las calles desiertas de la ciudad, tomando precauciones para no llamar la atención de los brujos y otros enemigos. Los amuletos que les había dado el profesor Bernard les brindaban una sensación de protección, aunque la sombra del peligro seguía presente.

El trío se dirigió hacia una antigua biblioteca oculta, donde esperaban encontrar respuestas sobre los orígenes de la maldición del hombre lobo y su conexión con Lucian. La biblioteca era un lugar oscuro y polvoriento, con pasillos laberínticos llenos de libros antiguos y pergaminos misteriosos. Allí se reunieron con un profesor experto en textos antiguos, el profesor Samuel, quien había dedicado su vida a estudiar los misterios de lo sobrenatural. Les habló de una antigua profecía que hablaba de un hombre lobo con la capacidad de controlar la maldición y cambiar el destino de los afectados.

El profesor Samuel les mostró un manuscrito que contenía la profecía, escrita en un idioma antiguo y lleno de símbolos oscuros. Miguel lo examinó con interés, buscando respuestas sobre su papel en la profecía y cómo podía usar su condición para vencer a los brujos.

Mientras leían el manuscrito, el profesor les advirtió sobre la existencia de una secta secreta de brujos que adoraban al hombre lobo y buscaban controlarlo para sus propios fines. Esta secta, conocida como los Lobos Oscuros, estaba relacionada con Lucian y su búsqueda de poder. El profesor Samuel les explicó que los Lobos Oscuros eran brujos temidos por su crueldad y devoción ciega hacia el hombre lobo, utilizaban rituales oscuros para aumentar su poder y extender la influencia de la maldición a través de sacrificios y actos malignos.

Miguel, Sofía y Ramírez escucharon atentamente y comprendieron que Lucian era solo una pieza en un juego mucho más grande y peligroso. Los brujos habían estado persiguiendo a Miguel y sus amigos para obtener la piedra y usarla en sus propios rituales.

—Deben detener a los Lobos Oscuros antes de que consigan dominar por completo la maldición —les advirtió el profesor Samuel—. Ellos ya están al tanto de su presencia y no se detendrán ante nada para conseguir sus objetivos.

Miguel sintió el peso de su misión aumentar. Debía enfrentarse a estos brujos oscuros y poner fin a sus planes. Sofía, por su parte, estaba decidida a apoyar a Miguel en todo lo que fuera necesario. Ramírez, con su instinto de detective, ya estaba trazando posibles estrategias para enfrentar a la secta.

Antes de despedirse, el profesor Samuel les proporcionó más información sobre los brujos y sus posibles escondites en la ciudad. Además les dio amuletos y pociones de protección para ayudarlos en su lucha.

Agradecieron al profesor Samuel por su ayuda y salieron de la biblioteca con renovada determinación. Sabían que su próximo paso sería enfrentarse a los Lobos Oscuros y desmantelar su red de oscuridad.

Miguel, Sofía y Ramírez abandonaron la biblioteca con una mezcla de determinación y miedo. La información proporcionada por el profesor Samuel les daba una idea más clara de la magnitud de la amenaza que enfrentaban: los Lobos Oscuros eran más poderosos de lo que habían imaginado y sus métodos oscuros e inhumanos hacían que el enfrentamiento fuera aún más peligroso.

Se dirigieron a un lugar seguro para planificar su próxima jugada. Sofía sugirió investigar los posibles escondites de los brujos, siguiendo las pistas que les había dado el profesor Samuel. Ramírez estuvo de acuerdo, y juntos trazaron un plan de acción para infiltrarse en los lugares señalados.

Miguel estaba inquieto. Aunque sentía una mayor comprensión de su papel en todo esto, también le preocupaba el alcance de la profecía y su conexión con Lucian. Sin embargo, sabía que debía mantenerse enfocado en su objetivo: detener a los brujos y evitar que extendieran la maldición.

El trío decidió comenzar su investigación al día siguiente, una vez que hubieran descansado y estuvieran preparados para enfrentarse a los brujos. Se retiraron a su refugio con la determinación de hacer todo lo posible para detener a los Lobos Oscuros y proteger a la ciudad de su influencia siniestra.

Esa noche Miguel tuvo sueños inquietantes en los que veía a Lucian liderando a los Lobos Oscuros en una serie de rituales sombríos. Las imágenes de sacrificios y poderes oscuros lo asustaron, pero también lo motivaron a luchar con más fuerza.

Miguel se despertó en medio de la noche, sudando y con el corazón acelerado. Los sueños habían sido tan vívidos que por un momento no supo distinguir la realidad de la pesadilla. Sofía, que dormía a su lado, también se despertó y le dirigió una mirada de preocupación.

—¿Estás bien? —le preguntó Sofía, tocando su brazo con suavidad.

Miguel asintió, tratando de tranquilizarla.

—Sí, solo fue un sueño... pero parecía tan real.

Sofía comprendió que los sueños eran un reflejo del miedo y la ansiedad de Miguel. Sabía que su conexión con la maldición y con Lucian hacía que estas pesadillas fueran aún más intensas.

—Debemos seguir adelante —dijo Sofía con determinación—. Los Lobos Oscuros no se detendrán, y nosotros tampoco.

Ramírez, que había estado vigilante, se acercó a ellos al escuchar la conversación.

—Tendremos que estar alerta y preparados para cualquier cosa —dijo el detective—. No sabemos cuándo podrían atacar los brujos.

El trío decidió continuar con su investigación al amanecer, rastreando los posibles escondites de los brujos. Tenían que reunir tanta información como fuera posible para enfrentarlos con éxito. Además, debían encontrar la manera de proteger la piedra y evitar que los brujos la utilizaran para sus propios fines oscuros.

Amanecía mientras Miguel, Sofía y Ramírez se preparaban para salir y enfrentarse a los desafíos que les esperaban. Sabían que la lucha contra los Lobos Oscuros sería peligrosa, pero estaban decididos a proteger la ciudad y poner fin a la maldición de una vez por todas.

El amanecer trajo consigo un aire fresco y una renovada determinación. Tras revisar las notas y las pistas obtenidas, decidieron visitar uno de los lugares mencionados por el profesor Samuel: un antiguo templo indígena oculto en una zona boscosa cercana a la ciudad.

El lugar estaba cubierto por una espesa neblina y la entrada al templo era apenas visible entre la maleza. Al adentrarse en el templo sintieron una presencia oscura que los vigilaba. Sabían que los brujos podían estar cerca, así que se mantuvieron alerta y avanzaron con precaución.

Dentro del templo encontraron un altar antiguo cubierto de símbolos oscuros. A su alrededor había ofrendas y restos de rituales recientes. Ramírez reconoció algunas de las marcas como pertenecientes a los Lobos Oscuros y les advirtió a sus dos compañeros que podrían estar muy cerca.

Mientras inspeccionaban el altar del sacrificio ritual, escucharon susurros inquietantes y el sonido de pasos en la distancia. Se ocultaron detrás de unas columnas para observar desde las sombras y vieron a un grupo de brujos vestidos con túnicas negras acercarse al altar, portando antorchas y realizando cánticos oscuros.

El grupo estaba liderado por un hombre de aspecto siniestro y barba canosa, quien colocó varias ofrendas sobre el altar. Miguel, Sofía y Ramírez observaron cómo los brujos prepararon un ritual oscuro con cánticos inquietantes y movimientos ceremoniales.

Miguel sintió un escalofrío recorrer su cuerpo mientras observaba la escena. Sofía le hizo una señal a Ramírez para que se preparara para actuar si era necesario. El detective asintió, con la mano lista cerca de su arma y el latir de su corazón a mil por hora.

El líder de los brujos tomó un objeto brillante de su túnica: un amuleto con una forma extraña y tallados en la superficie. Miguel notó que el amuleto tenía símbolos similares a los de la piedra que él había usado en el ritual anterior: los brujos estaban intentando canalizar energía oscura.

El ritual continuó y el aire se volvió denso con la energía oscura que los brujos invocaban. Miguel, Sofía y Ramírez supieron que debían interrumpir el ritual antes de que el poder de los brujos se hiciera demasiado fuerte.

Con un intercambio rápido de miradas, decidieron actuar. Salieron de su escondite y se abalanzaron sobre los brujos, sorprendiendo al grupo con su ataque.

Se desató una lucha feroz. Miguel, Sofía y Ramírez se enfrentaron a los brujos en un intento de detener el ritual.

La lucha fue intensa y caótica. Miguel, Sofía y Ramírez se enfrentaron valientemente a los brujos, tratando de desarmarlos y detener el ritual. Los brujos utilizaron hechizos y conjuros para defenderse, pero el trío logró mantener su posición.

Miguel se enfrentó cara a cara con el líder de los brujos. El hombre parecía sorprendido de ver a Miguel, como si ya lo hubiera enfrentado en el pasado. Sin embargo, Miguel no podía permitirse dudar y atacó con determinación.

Mientras tanto, Sofía utilizó su agilidad para esquivar los ataques de los otros brujos y atacar con precisión. Ramírez, con su entrenamiento como detective, se centró en desarmar a los brujos y mantener el control de la situación. Finalmente Miguel logró arrebatar el amuleto de las manos del líder de los brujos. Al hacerlo, el ritual se interrumpió y la energía oscura comenzó a disiparse. Los brujos, al ver su ritual fallido, intentaron escapar, pero Miguel, Sofía y Ramírez los persiguieron, asegurándose de que no pudieran volver a intentarlo, aunque no pudieron evitar que algunos miembros de la secta salieran huyendo.

Tras asegurarse de que los brujos no representaran una amenaza inmediata, el trío examinó el amuleto que Miguel había arrebatado y descubrieron que contenía información sobre el origen de la maldición y los planes de los brujos para controlarla.

Miguel, Sofía y Ramírez escaparon de la escena del enfrentamiento. La batalla había sido intensa y los había dejado con heridas visibles e invisibles.

A medida que se alejaban del antiguo templo, los ecos de los cánticos oscuros y los gritos de los brujos perseguidos se desvanecían en la distancia, dejando un silencio inquietante en su lugar.

Cansados pero triunfantes, el trío regresó a la ciudad de Monterrey. Durante el camino discutieron las revelaciones que obtuvieron del amuleto y la manera de utilizarlas para su beneficio. El profesor Samuel había mencionado que la información podría ser crucial para detener a la secta de los Lobos Oscuros de una vez por todas.

A pesar del éxito en detener el ritual, Miguel sentía que la batalla estaba lejos de terminar. La maldición del hombre lobo aún pesaba sobre él, y Lucian seguía siendo una amenaza constante en su búsqueda de poder.

Sofía se mantuvo firme a su lado, prometiéndole apoyo en todo momento. Ramírez también se mostró dispuesto a continuar la lucha, convencido de que debían hacer todo lo posible para proteger a la ciudad de la influencia oscura de los brujos.

Entonces el detective Ramírez recibió noticias de nuevos avistamientos del hombre lobo en Monterrey y compartió esta nueva información con Miguel y Sofía. Era momento de volver a casa.

Ya en la ciudad de Monterrey, el trío se dirigió a su refugio seguro, donde planificarían sus próximos pasos. Aunque estaban aliviados de haber regresado a la ciudad, la sensación de peligro latente seguía presente. Sabían que Lucian y los Lobos Oscuros estarían acechando en las sombras, esperando la oportunidad de atacar.

El viaje había sido un recordatorio de los horrores que enfrentaban, pero también de la fuerza y determinación que tenían como equipo. A medida que se preparaban para la próxima fase de su misión, sabían que el destino de la ciudad y sus vidas pendía de un hilo, pero estaban listos para enfrentar lo que viniera.

ENFRENTAMIENTO CON LUCIAN

l aire estaba cargado de tensión mientras Miguel, Sofía y Ramírez se preparaban para enfrentar nuevamente su mayor desafío: un encuentro mortal con Lucian, sólo que no sabían si enfrentarían al brujo en su forma humana o la criatura de la noche: el hombre lobo. El enfrentamiento parecía inevitable y el destino de todos dependía de la capacidad de Miguel para superar a Lucian, utilizando para ello el amuleto, que aún tenía secretos por revelar, especialmente para Miguel. Secretos místicos y terribles.

La luna llena brillaba en el cielo nocturno, proyectando sombras largas y siniestras a su alrededor. Las calles de Monterrey parecían desiertas, y el silencio era perturbador. Miguel podía sentir su corazón latir con fuerza en su pecho; un preludio de lo que estaba por venir.

Sofía, con una determinación férrea, mantenía la mirada fija en el horizonte, como si pudiera ver más allá de la oscuridad, preparándose para cualquier movimiento inesperado. Ramírez, con su instinto de detective, estaba en alerta máxima, analizando cada rincón y cada sonido con precisión.

Finalmente llegaron al lugar que Don Anselmo le había mencionado al detective Ramírez en una de sus visitas, tal vez ese era el lugar que Lucian había utilizado en Monterrey como su guarida.

Delante de ellos emergió un edificio abandonado a las afueras de la ciudad, cubierto de enredaderas y con ventanas rotas que dejaban escapar una luz tenue. La estructura parecía observarlos, sus paredes destilaban un aura de maldad.

Al entrar, los tres se encontraron con un espectáculo de horror: símbolos oscuros pintados en las paredes, restos de rituales macabros esparcidos por el suelo y una sensación de que cada paso que daban los llevaba más cerca del peligro. Miguel sintió a la maldición latir dentro de él, como si Lucian estuviera cerca, esperando.

A medida que avanzaban, Miguel percibió la presencia de Lucian, una sombra oscura en medio de la penumbra. El hombre sonrió y su mueca envió un escalofrío por la espalda de Miguel. El enfrentamiento estaba a punto de comenzar y el destino de todos dependía de quién saliera victorioso en esta lucha mortal.

Un carcajada baja y siniestra, proveniente de la oscuridad, rompió el silencio. Lucian dio un paso al frente, su figura apenas visible en la penumbra, pero su presencia era tan opresiva como un manto de sombras.

—Sabía que vendrían —dijo Lucian con una voz suave y cargada de malicia—. Los he estado esperando. Todo está en su lugar, y ahora es el momento de ver quién prevalece.

Miguel sintió una corriente de energía oscura fluir a través de él, la maldición resonando en respuesta a la proximidad de Lucian. Sofía se colocó junto a él, su expresión seria pero resuelta, mientras Ramírez se situó en una posición estratégica, listo para actuar.

Lucian se movió con una gracia felina, sus ojos brillando con un resplandor extraño.

—Este es el destino, Miguel. Sólo uno de nosotros saldrá victorioso esta noche, y estoy decidido a que seas tú quien sucumba.

La tensión en el aire era palpable, un preludio a la inminente batalla. Los tres se prepararon para enfrentarse a Lucian, sabiendo que estaban a punto de entrar en una lucha que pondría a prueba sus límites físicos y mentales.

Los minutos se estiraron convirtiéndose en eternidades mientras Miguel y Lucian se miraban, cada uno midiendo al otro. Lucian, con un semblante tranquilo y confiado, parecía disfrutar del miedo que irradiaban Miguel y sus compañeros. Sofía y Ramírez se mantenían alerta, listos para enfrentarse a cualquier ataque inesperado.

—Has sido un digno rival, Miguel —dijo Lucian, sus palabras llenas de sarcasmo—. Pero esta noche serás testigo de la verdadera naturaleza de la maldición.

Miguel, decidido a no dejarse intimidar, apretó los puños y dio un paso hacia adelante.

—No te equivoques, Lucian. No estás tratando con alguien dispuesto a rendirse.

La risa de Lucian resonó por las paredes del edificio abandonado, su eco distorsionando la atmósfera.

—Veremos cuánta lucha tienes en ti, Miguel —respondió, antes de lanzar el primer ataque.

El enfrentamiento comenzó con un torbellino de oscuridad y energía. Miguel luchaba contra la fuerza descomunal de Lucian, sintiendo el peso de la maldición crecer dentro de él. Sofía y Ramírez intervinieron usando su ingenio y habilidades para debilitar a Lucian y brindarle apoyo a Miguel.

A medida que la batalla se intensificaba, Miguel notó que Lucian no sólo era un rival formidable, sino un maestro de las artes oscuras. Antes de cualquier movimiento, Lucian parecía anticipar sus ataques, poniéndolos a prueba. Miguel sintió un escalofrío recorrer su columna vertebral, pero se mantuvo firme.

—No permitiré que uses esa maldición para hacer el mal, Lucian. Terminaré contigo aquí y ahora.

La pelea continuó con una explosión de velocidad y ferocidad. Miguel y Lucian se enfrentaron con movimientos ágiles y precisos, sus cuerpos entrelazándose en un combate mortal. Lucian, con su capacidad de transformación, alternaba entre su forma humana y la de hombre lobo, usando este poder para ganar ventaja.

Sofía y Ramírez observaron la batalla con nerviosismo, conscientes de que cualquier intervención podría ser crucial. La lucha se intensificaba, los golpes resonaban en el edificio abandonado, y la tensión en el aire era palpable.

A medida que la batalla avanzaba, Miguel demostró ser un adversario formidable, utilizando el amuleto como escudo, además de su inteligencia y habilidades para enfrentarse a Lucian. Sin embargo, el brujo era astuto y fuerte, y su linaje le confería habilidades peligrosas.

Finalmente Miguel logró inhabilitar a Lucian, arrojándolo contra una de las paredes cercanas. Sofía y Ramírez corrieron hacia Miguel, listos para apoyarlo si era necesario.

Lucian, herido, pero no derrotado, lanzó una última mirada de odio a Miguel antes de desaparecer en la oscuridad.

El enfrentamiento había terminado, pero Miguel sabía que Lucian no se daría por vencido fácilmente. La guerra estaba lejos de terminar, y Miguel, Sofía y Ramírez debían estar preparados para los desafíos que vendrían en un futuro no muy lejano.

DESCUBRIENDO NUEVAS PISTAS

Después de la batalla con Lucian, Miguel, el detective Ramírez y Sofía decidieron adentrarse más profundamente en el lugar. Miguel, Sofía y el detective Ramírez habían llegado hasta allí siguiendo una serie de pistas que les había indicado Don Anselmo, que señalaba que Lucian había utilizado el lugar como base de operaciones para su secta secreta.

Los tres exploraron el edificio con precaución, sus linternas proyectando haces de luz a través de la penumbra, revelando los vestigios de un pasado oscuro. Las paredes estaban cubiertas de símbolos extraños y perturbadores mientras que el aire estaba impregnado de un olor a humedad y decadencia.

—Este lugar me da escalofríos —susurró Sofía, manteniéndose cerca de Miguel.

—Sí, definitivamente Lucian eligió muy bien este sitio —respondió Miguel con la mirada fija en los rincones oscuros del edificio.

El detective Ramírez observaba cada detalle con atención.

—Parece que este lugar fue usado recientemente. Los Lobos Oscuros deben haber estado aquí hace poco.

A medida que avanzaban, descubrieron un altar oscuro en el centro de una gran sala, rodeado de velas consumidas y restos de sacrificios. En el altar había un libro antiguo con páginas llenas de conjuros oscuros y rituales para invocar entidades malignas.

Miguel examinó el libro con precaución, mientras Sofía y Ramírez vigilaban los alrededores. Al hojear el libro, Miguel encontró un conjuro para romper la maldición del hombre lobo: requería el sacrificio del líder de los Lobos Oscuros.

—Este ritual podría ser la clave para vencer a Lucian y su secta —dijo Miguel, mostrando el libro a sus compañeros.

— Pero, ¿cómo vamos a lograrlo? —preguntó Sofía, preocupada por lo que implicaba.

Ramírez reflexionó por un momento.

—Tendremos que destruir a Lucian y a los Lobos Oscuros. Para eso es necesario debilitar su poder y luego usar el ritual para poner fin a la maldición.

Ya con un plan en mente, el trío decidió regresar a su base para prepararse. Sabían que enfrentarse a Lucian junto con su secta sería peligroso, pero estaban decididos a poner fin a la maldición del hombre lobo y detener los oscuros rituales de los Lobos Oscuros.

La oficina privada de la estación de policía estaba sumida en una penumbra inquietante y las persianas entrecerradas dejaban pasar una tenue luz exterior.

El detective Ramírez, Miguel y Sofía estaban reunidos alrededor de una mesa en la que descansaba el libro de conjuros siniestros que habían encontrado en el edificio abandonado.

Ramírez hojeó el libro con expresión seria, tratando de descifrar los símbolos y escrituras antiguas. Miguel y Sofía observaban con atención, conscientes de que el libro contenía respuestas cruciales para detener a Lucian y su secta.

—Esto es perturbador —dijo Ramírez señalando una serie de símbolos oscuros en una de las páginas—. Estos son conjuros antiguos, diseñados para invocar a entidades demoníacas y obtener poder a cambio de sacrificios humanos.

—Los Lobos Oscuros han estado usando estos conjuros para adorar a la deidad del hombre lobo y cometer atrocidades en su nombre —agregó Sofía, sus ojos llenos de determinación—. Tenemos que detenerlos antes de que causen más daño.

Miguel asintió, repasando los posibles planes de acción.

—Debemos desmantelar la secta desde adentro. Necesitamos identificar a sus líderes y seguidores clave, así como sus lugares de reunión y rituales. Podemos usar el libro para anticipar sus movimientos y sorprenderlos.

Ramírez estuvo de acuerdo.

—Podríamos trabajar con agentes encubiertos para infiltrarnos en la secta. También podemos coordinar con las fuerzas de seguridad locales para preparar un asalto a sus escondites.

Sofía sugirió que también necesitarían protegerse contra los conjuros oscuros.

—Debemos armarnos con amuletos de protección y aprender los conjuros defensivos del libro para contrarrestar sus hechizos.

—Además, debemos mantener nuestros movimientos en secreto —añadió Ramírez—. Si Lucian descubre nuestros planes, podríamos perder el elemento sorpresa.

El trío trazó un plan detallado: dividirían sus tareas para investigar a fondo los miembros de la secta, identificar sus lugares de reunión y preparar un ataque coordinado para capturar a Lucian y sus seguidores. También se aseguraron de protegerse con amuletos y conjuros defensivos.

Con el plan en marcha, Miguel, Sofía y Ramírez estaban listos para enfrentarse a Lucian y a los Lobos Oscuros y poner fin a su reinado de terror. Sabían que el camino sería peligroso, pero estaban decididos a detener la maldición del hombre lobo y proteger a los inocentes de los horrores que la secta había desatado durante siglos.

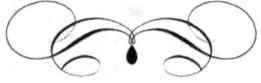

La noche siguiente fue oscura y húmeda, con una brisa fría que arrastraba un aire pesado de temor. Las calles antiguas de Monterrey estaban desiertas, salvo por la presencia de un grupo de policías que acordonaban una escena del crimen. El detective Ramírez llegó al lugar, seguido de cerca por Miguel y Sofía, quienes portaban amuletos de protección alrededor de sus cuellos y llevaban el libro de conjuros bajo el brazo.

El escenario era espeluznante. Cuerpos destrozados yacían esparcidos por la calle, sus miembros desgarrados y sus rostros congelados en expresiones de terror absoluto. El hombre lobo había atacado con una ferocidad atroz, fuera de este mundo, dejando un rastro de sangre y destrucción.

El detective Ramírez se acercó a uno de los cuerpos, tratando de mantener la compostura ante la escena brutal. Miguel y Sofía lo siguieron, sus rostros pálidos pero determinados a descubrir la verdad detrás de los asesinatos.

—Esto es obra de un hombre lobo —dijo Ramírez, su voz grave y tensa—. La forma en que las víctimas fueron mutiladas... es inconfundible. Esto es obra de Lucian.

Miguel examinó los alrededores, buscando pistas que pudieran guiarlos hacia el culpable. Sofía abrió el libro de conjuros, consultando hechizos de protección en caso de un nuevo ataque.

De repente, Sofía llamó la atención de los demás hacia una pared cercana, en ella estaba tallado un símbolo oscuro y perturbador: la marca del hombre lobo. La marca estaba rodeada de sangre, como si el asesino la hubiera dejado como una advertencia.

—Esta es la señal de Lucian —dijo Miguel, reconociendo el símbolo que había visto anteriormente en el libro de conjuros—. Quiere que sepamos que está cerca y que no se detendrá hasta que nos mate a todos.

Ramírez asintió, su rostro sombrío ante la realidad de la situación.

—Debemos estar preparados. Lucian sabe que lo estamos siguiendo y ahora nos está desafiando.

El grupo sabía que el hombre lobo estaba cerca, acechando en las sombras de la ciudad. Con la marca como su única pista, el detective Ramírez, Miguel y Sofía se prepararon para enfrentarse a la amenaza del hombre lobo y descubrir cómo detener a Lucian y su secta de una vez por todas. Tenían que actuar ya.

La cantina vieja estaba envuelta en sombras, con la tenue luz de las velas parpadeando sobre las mesas y reflejándose en las botellas de licor alineadas detrás de la barra. El aire estaba cargado de humo de cigarrillo y un aroma a madera añeja impregnaba el lugar.

El detective Ramírez, Miguel y Sofía se sentaron en una esquina oscura para encontrarse con Don Anselmo, ahora más borracho, con el rostro surcado de arrugas y los ojos cargados de historias no contadas.

—Escuchen bien, muchachos —dijo Don Anselmo, su voz ronca y arrastrada por años de alcohol—. La maldición del hombre lobo y los Lobos Oscuros no son asunto de juego. Esa secta ha estado aquí desde tiempos antiguos, realizando sacrificios humanos y ritos oscuros a su deidad maldita.

Miguel y Sofía escuchaban con atención mientras el detective Ramírez se mantenía alerta a su alrededor, asegurándose de que nadie más los estuviera escuchando.

—Ellos tienen un poder diabólico —continuó Don Anselmo, dirigiéndoles una mirada penetrante—. El brujo, Lucian, posee un libro siniestro que va más allá de la comprensión humana, únicamente pueden leerlo quienes han hecho un pacto de sangre con alguna deidad del bajo astral, es una reliquia antigua que le da control sobre la maldición. Es por eso que ahora puede transformarse en un hombre lobo a voluntad.

—¿Cómo podemos detenerlo? —preguntó Sofía con los ojos llenos de rabia.

Don Anselmo dejó escapar una risa siniestra.

—Es más fácil decirlo que hacerlo, muchacha. Pero si quieren desmantelar la secta desde dentro, tendrán que infiltrarse en sus filas.

"Conozco un contacto que puede ayudarles a entrar sin ser detectados, pero deben tener cuidado, los Lobos Oscuros no se detendrán ante nada para proteger su secreto".

El detective Ramírez frunció el ceño, asimilando la información.

—¿Cuál es el contacto?

—Un hombre llamado Elías —respondió Don Anselmo—. Él se mueve en los bajos fondos y tiene conexiones con la secta. Pueden encontrarlo en el mercado negro de la ciudad.

Antes de irse, Don Anselmo les advirtió sobre el peligro que enfrentaban.

—Ese libro tiene un poder oscuro que no pueden imaginar. Lucian no dudará en usarlo contra ustedes. Si se infiltran, deben estar preparados para enfrentarse a cosas que nunca han visto.

El trío agradeció a Don Anselmo por su información y se marcharon de la cantina con una mezcla de miedo y determinación. Sabían que la misión sería peligrosa, pero estaban decididos a detener a Lucian y a los Lobos Oscuros para siempre.

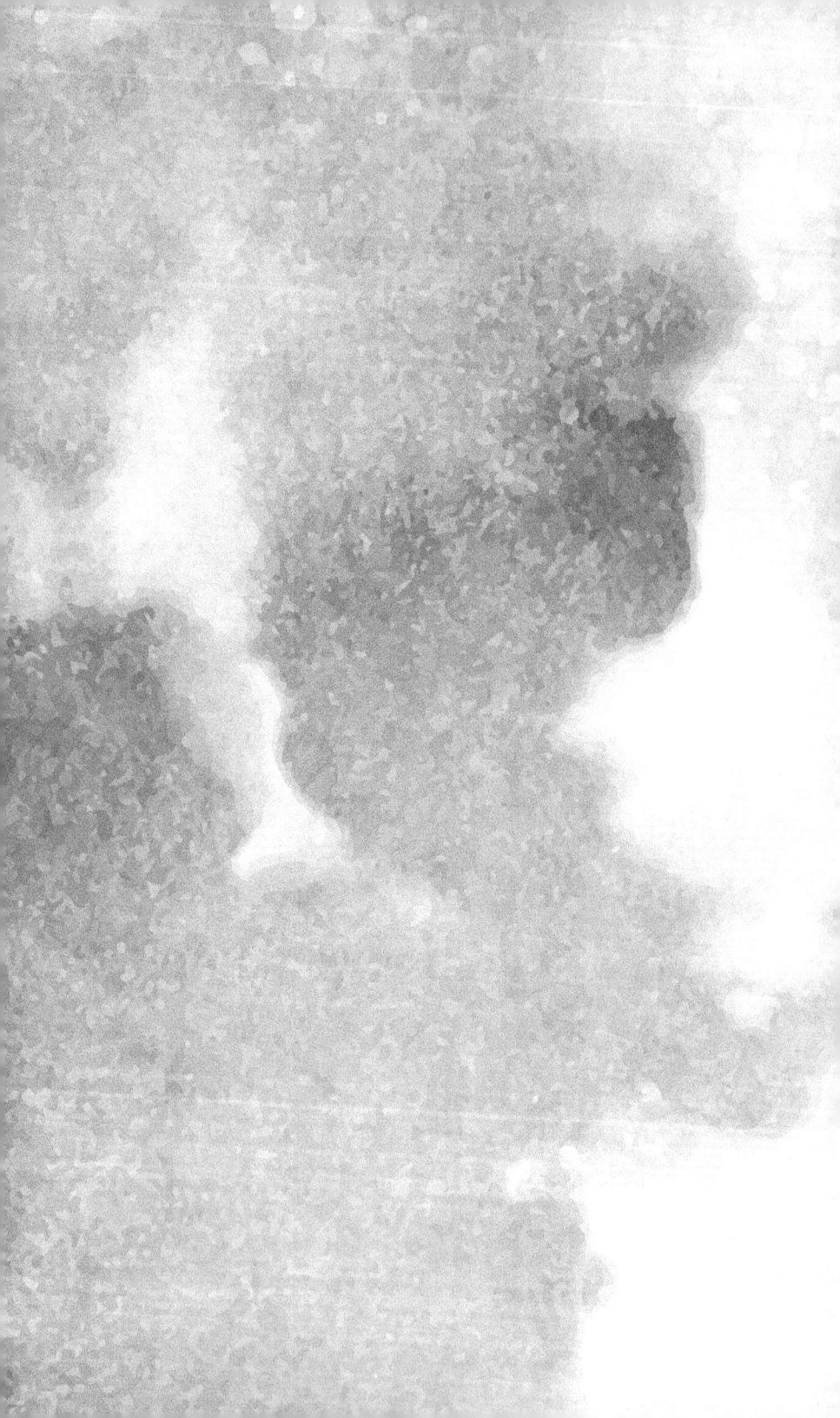

TERCERA PARTE
LOS ENEMIGOS

IMPACTO DE LOS ATAQUES

El silencio de la noche envolvía las calles empedradas de la ciudad de Monterrey, donde las sombras se movían sigilosamente bajo la luz de la luna. En un rincón oscuro del mercado negro, Elías, el contacto de Don Anselmo, se reunía en secreto con Miguel, Sofía y el detective Ramírez. Los cuatro se habían unido para desentrañar los oscuros secretos de los "Lobos Oscuros".

Elías habló en voz baja, entregando a los demás una serie de instrucciones y claves que les permitirían infiltrarse en la secta. Les explicó que se encontraban ante un culto peligroso y letal, y advirtió que la secta no sólo adoraba a la deidad oscura, sino que también se aprovechaba de los sacrificios para obtener un poder sobrenatural.

Miguel, decidido a poner fin a la maldad de los Lobos Oscuros, se infiltró en la secta siguiendo las indicaciones de Elías. Se unió a las reuniones secretas, observando que los seguidores vestían túnicas negras y realizaban rituales escalofriantes bajo la luna llena. A medida que ganaba la confianza de la secta, Miguel notó que Lucian tenía un comportamiento peculiar.

Una noche, mientras Miguel observaba a Lucian desde una distancia segura, vio cómo el brujo se transformaba en un hombre lobo con una facilidad aterradora. Sin embargo, Miguel también se percató de algo inusual: cuando Lucian se transformaba, una cicatriz en su pecho brillaba con una luz extraña. Miguel comprendió que esa cicatriz podría ser la clave para vencerlo. Fue la herida que le provocó el detective Ramírez en uno de sus enfrentamientos.

Decidido a aprovechar esta debilidad, Miguel regresó con Sofía, el detective Ramírez y Elías para compartir su descubrimiento. Juntos, planearon un ataque estratégico durante el próximo ritual de la secta, aprovechando la debilidad de Lucian para acabar con él y liberar a la ciudad de Monterrey del miedo y la oscuridad.

En la noche acordada, se adentraron en los terrenos de la secta, armados con valentía y astucia.

Cuando Lucian comenzó a transformarse en hombre lobo durante el ritual, Miguel y sus aliados atacaron con precisión, dirigiéndose a la cicatriz en el pecho de Lucian.

El brujo gritó de dolor mientras luchaba contra ellos, pero finalmente cayó, debilitado por el golpe. Sus seguidores, miembros de la secta de los Lobos Oscuros, huyeron junto con Lucian, su líder, a su búnker secreto, para reorganizarse y coordinar un contraataque certero y mortal. No habría lugar en toda la ciudad en donde la marca del hombre lobo no fuera hacerse presente.

En las afueras de la ciudad de Monterrey, donde los árboles se adensaban y el paisaje se volvía agreste, un búnker secreto yacía oculto bajo la tierra, rodeado de vegetación que lo camuflaba de miradas indiscretas. Era uno de los refugios que poseía la secta de los Lobos Oscuros.

En el interior del búnker, las paredes estaban revestidas con símbolos arcanos y pieles de lobos colgaban como trofeos macabros. Una gran sala iluminada solo por antorchas y la luz plateada de la luna llena que se filtraba por pequeñas aberturas era el escenario de un ritual perturbador. La atmósfera estaba cargada de un aire denso, lleno de un aura malévola que erizaba la piel de cualquiera que se atreviera a adentrarse en el lugar.

Lucian se encontraba de pie en el centro de la sala. Su presencia era imponente, su mirada estaba fija en sus seguidores con una intensidad fría. A su alrededor, los miembros de la secta, vestidos con túnicas oscuras, estaban arrodillados, entonando cánticos siniestros, invocando a su deidad lupina con un fervor creciente.

El ritual estaba a punto de comenzar. En el centro de un círculo trazado con símbolos extraños, se hallaba una joven aterrorizada, atada y semidesnuda. Sus ojos reflejaban el horror de saber que sería sacrificada en nombre de una entidad oscura. El canto de la secta resonaba en las paredes del búnker, creando una cacofonía escalofriante.

Lucian levantó un cuchillo ceremonial, su hoja brillando a la luz de la luna. Sus seguidores aumentaron sus cánticos, el ritmo y la intensidad del ritual. El brujo comenzó a recitar palabras antiguas, invocando a su deidad para que aceptara el sacrificio y les otorgara poder.

La joven luchaba por liberarse, pero sus esfuerzos eran inútiles ante la firmeza de sus ataduras. Lucian avanzó hacia ella, listo para consumar el ritual. Una vez más la noche del lobo se hizo presente y la deidad oscura obtuvo una nueva víctima. Continuaba la sed de sangre.

No hace mucho tiempo las calles del centro de la ciudad de Monterrey eran bulliciosas y estaban llenas de vida, pero esa noche eran un laberinto de sombras y silencio interrumpido sólo por los murmullos nerviosos de un grupo de vagabundos y transeúntes que se habían congregado alrededor de una escena macabra.

En medio de la calle, bajo la tenue luz de un farol parpadeante, yacía el cuerpo mutilado de una joven. Su piel estaba pálida y salpicada de sangre, su mirada fija y vacía, como si hubiera presenciado el rostro del horror antes de su muerte. A su lado había una nota manuscrita estaba clavada en el suelo con un cuchillo oxidado.

La policía llegó al lugar del crimen, sus luces parpadeando en la oscuridad, creando destellos de color en el aire nocturno. Los agentes se apresuraron a asegurar la escena del macabro episodio, apartando a los curiosos y estableciendo un perímetro.

Miguel, Sofía y el detective Ramírez se unieron a la policía, alertados por la gravedad del caso.

Miguel, con una expresión grave, se acercó al cuerpo, examinando la nota con precaución. Sabía que enfrentarse a la brutalidad de la escena requeriría de toda su fortaleza. La nota estaba dirigida a él, escrita con tinta roja y letra temblorosa. Las palabras parecían emerger de las sombras, amenazantes y llenas de odio:

Miguel, esta es solo una advertencia. No podrás detener lo que viene. Tu amiga Sofía será la próxima. Prepárate para perderlo todo.

Miguel sintió un escalofrío recorrer su espina dorsal al leer las palabras. Sofía se acercó, notando la expresión de preocupación en el rostro de su amado. El detective Ramírez también se aproximó, tratando de comprender el mensaje y sus implicaciones.

El ambiente en la calle era inquietante y estaba impregnado de un miedo tangible que se filtraba en cada rincón. Los murmullos de los presentes se mezclaban con los sonidos de la ciudad dormida, creando una sinfonía de terror. Miguel sabía que debían actuar con rapidez. La amenaza contra Sofía era real, y no podían permitir que Lucian cumpliera con su promesa. El detective Ramírez comenzó a coordinar a los agentes para recopilar pruebas y analizar la escena del crimen, mientras Miguel y Sofía discutían cómo proceder. Una vez más, la siniestra marca del hombre lobo se hacía visible ante la mirada atónita de todos los presentes.

Sofía, consciente del peligro, se mantuvo cerca de Miguel. Ambos sabían que enfrentaban a un enemigo despiadado y astuto, uno que estaba dispuesto a destruir todo lo que ellos amaban. Pero también sabían que no podían dejarse intimidar; debían mantenerse fuertes y unidos para atrapar al hombre lobo antes de que hiciera más daño.

A medida que avanzaba la noche, Miguel, Sofía y el detective Ramírez se comprometieron a desentrañar el misterio detrás de la nota amenazante y el cadáver de la joven, terriblemente mutilado. La caza había comenzado, y el destino de Sofía estaba en juego.

Mientras tanto, Lucian, en su forma humana, observaba desde las sombras con una sonrisa siniestra en su rostro. Sabía que había sembrado el miedo en los corazones de sus enemigos y estaba listo para jugar su macabro juego hasta el final.

LOS SECUACES
DE LUCIAN

En los barrios bajos de la ciudad de Monterrey, las calles serpenteaban entre edificios grises y muros cubiertos de grafiti. El aire estaba cargado de un silencio pesado sólo interrumpido por el murmullo lejano de la vida nocturna. En un rincón apartado y oculto, Lucian, el brujo líder de la secta de los Lobos Oscuros, esperaba con impaciencia.

En la penumbra, una figura se aproximó a él. Era Morgana, una bruja temida por su conocimiento oscuro y sus pactos con entidades sin nombre.

Su mirada penetrante y su cabello desordenado le conferían un aspecto aterrador. Se acercó a Lucian con una sonrisa enigmática, susurrándole palabras de bienvenida.

La reunión era secreta, sus intenciones sombrías. Morgana, con un tono casi teatral, comenzó a revelar el plan que habían urdido. El ritual para eliminar a los enemigos de Lucian, Miguel y Sofía, implicaba invocar a una entidad oscura que residía en las profundidades de las sombras.

Morgana explicó que el ritual requeriría un sacrificio, algo preciado para Miguel: su amada Sofía. La bruja describió el proceso con un detalle espeluznante, mencionando los ingredientes necesarios y el círculo de sangre que debía trazarse en el suelo. Lucian escuchaba con atención, su rostro iluminado por una determinación siniestra.

—Cuando ofrezcas lo que Miguel más ama, su alma se romperá y su fuerza se desvanecerá —dijo Morgana, sus palabras resonando con un eco tenebroso en el silencio de la noche—. La entidad oscura cumplirá tu deseo y destruirá a tus enemigos.

Lucian asintió, complacido con el plan que la malvada Morgana había ideado. Sabía que debía actuar con rapidez para llevar a cabo el ritual y asegurarse de que Sofía cayera en sus manos.

La bruja le entregó un libro antiguo lleno de conjuros y símbolos oscuros y le explicó cómo realizar el ritual con precisión.

—Ten cuidado, Lucian —advirtió Morgana con una sonrisa torcida—. El poder de la entidad oscura es volátil y puede volverse en tu contra si no lo controlas. Asegúrate de seguir las instrucciones al pie de la letra.

Lucian prometió tener en cuenta las advertencias de Morgana, pero su ambición lo cegaba. Estaba dispuesto a arriesgarlo todo para eliminar a Miguel y Sofía de una vez por todas.

Con el plan en marcha, ambos se separaron en la oscuridad de la noche, dejando atrás sólo el eco de sus pasos y un aura de maldad. Lucian sabía que la hora de su victoria se acercaba, pero también era consciente de que el destino de todos los involucrados estaba en juego.

Mientras tanto, en algún rincón de la ciudad, Miguel y Sofía permanecían ajenos a la conspiración que se cernía sobre ellos.

La noche avanzaba y las sombras se volvían más oscuras, ocultando los secretos más oscuros de Monterrey.

Los planes de Lucian y Morgana para invocar a la entidad oscura estaban en marcha y el brujo no perdía tiempo en preparar el ritual. En un lugar oculto de los barrios bajos, Lucian se rodeó de los miembros más leales de la secta de los Lobos Oscuros. En una habitación sombría, delineó el círculo ritualístico con precisión, usando tiza y sangre animal para marcar los símbolos antiguos que Morgana le había indicado.

El brujo recitaba conjuros de un libro encuadernado en piel, susurrando las palabras arcanas con un tono susurrante que resonaba en el silencio. Sus seguidores lo observaban con reverencia, conscientes de que estaban invocando un poder más allá de los límites de la mente humana.

Lucian tenía una imagen clara de Sofía en su imaginación mientras se preparaba para realizar el sacrificio. Su deseo de destruir a Miguel era tan grande que estaba dispuesto a ofrecer la vida de la mujer que Miguel más amaba. La decisión lo llenaba de una oscura satisfacción, sabiendo que no habría regreso posible una vez que el ritual comenzara.

Sin embargo, Lucian desconocía que Miguel, el detective Ramírez y Sofía estaban investigando las actividades de la secta y habían descubierto sus planes siniestros. A pesar de la advertencia en la nota amenazante, Miguel y sus aliados estaban decididos a detener a Lucian y a la secta antes de que pudieran llevar a cabo el ritual.

Mientras Lucian realizaba los últimos preparativos, Miguel y sus compañeros llegaron al lugar, guiados por el rastro de oscuridad y maldad que la secta había dejado atrás. La atmósfera era densa y estaba cargada de un aire de peligro inminente. El detective Ramírez dio instrucciones a los agentes de la ley para asegurar el perímetro y cortar cualquier vía de escape.

Miguel y Sofía avanzaron con cautela hacia la entrada de la guarida de la secta, preparados para enfrentar cualquier amenaza. Al abrir la puerta, los cánticos de la secta resonaron en sus oídos, llenando el ambiente de un miedo palpable. Lucian, al percibir su presencia, detuvo el ritual y enfrentó a Miguel con una mirada desafiante.

La tensión en la habitación era casi insoportable, los miembros de la secta rodeaban a sus líderes, listos para defenderlos.

Una batalla feroz se desató entre los dos bandos. Lucian intentó usar sus poderes oscuros para defenderse, pero Miguel y Sofía lucharon con valentía, usando su astucia para contrarrestar los conjuros del brujo.

El detective Ramírez coordinaba el asalto, tratando de desarmar a los seguidores de la secta.

En medio del caos, Miguel logró desviar la atención de Lucian, permitiendo que Sofía atacara al brujo con determinación. Lucian, sorprendido por la ferocidad de su enemigo, trató de invocar a la entidad oscura para que le otorgara poder, pero el ritual fue interrumpido por Sofía, quien derribó los símbolos rituales.

El poder de Lucian se debilitó y Miguel pudo enfrentarlo cara a cara. En un último esfuerzo, el brujo intentó lanzar un hechizo mortal contra Miguel, pero fue interceptado por Sofía, quien bloqueó el ataque con el amuleto que habían llevado para protegerse.

Finalmente, Miguel logró derribar a Lucian, quien de nuevo huyó hacia las sombras. Los seguidores de la secta se dispersaron en el caos. La policía tomó el control de la situación, arrestando a algunos miembros de la secta y asegurando el lugar.

Miguel, Sofía y el detective Ramírez se reunieron, sabiendo que habían detenido un plan siniestro que amenazaba la vida de Sofía y el equilibrio de la ciudad. La victoria les trajo alivio, pero también sabían que debían estar siempre atentos a los peligros que acechaban en las sombras. Ya que Lucian, astuto, nuevamente había huido.

El peligro seguía latente. La noche del hombre lobo era inevitable, de momento, se había retrasado.

PLAN DE ENFRENTAMIENTO

La oficina privada del detective Ramírez estaba sumida en una penumbra inquietante. Las persianas cerradas bloqueaban la luz del exterior, dejando que la única iluminación proviniera de una lámpara de escritorio que arrojaba sombras irregulares sobre los muros decorados con insignias de la policía y fotografías de casos antiguos.

El aire estaba cargado de tensión mientras Ramírez, Miguel y Sofía se reunían alrededor de una mesa cubierta de libros antiguos, amuletos y signos esotéricos.

Miguel hojeaba con concentración uno de los libros lleno de ilustraciones de criaturas mitológicas y conjuros oscuros. Sofía, a su lado, observaba un amuleto tallado con símbolos antiguos, tratando de discernir su significado. Ramírez examinaba un mapa de la ciudad, marcando los lugares donde habían ocurrido los ataques más recientes de la secta de los Lobos Oscuros.

El ambiente estaba impregnado de un sentido de urgencia. El grupo sabía que el tiempo se agotaba: Lucian, el astuto brujo líder de la secta, estaba planeando algo siniestro, y tenían que detenerlo antes de que fuera demasiado tarde.

Miguel se detuvo de repente, sus ojos fijos en una página del libro que estaba leyendo. La ilustración mostraba a un hombre lobo transformándose, con una conexión entre su forma humana y su forma de bestia.

—Miren esto —dijo, señalando el dibujo—. Esto explica por qué he estado soñando con Lucian en su forma de hombre lobo.

Ramírez y Sofía se acercaron para observar más de cerca. Miguel continuó:

—Lucian y yo compartimos una conexión. No es sólo un simple sueño, hay algo más profundo aquí. Parece que Lucian ha logrado tejer un lazo con mi mente a través de sus poderes oscuros. Necesitamos usar esto a nuestro favor para detenerlo.

Sofía frunció el ceño, preocupada por la seguridad de Miguel.

—Si Lucian puede influir en tus sueños, ¿qué más podría hacerte? —preguntó.

Miguel, consciente del riesgo, asintió y dijo:

—Es un peligro que tendré que enfrentar, pero puede ser nuestra única ventaja para encontrarlo y poner fin a su reinado de terror.

Ramírez, con su experiencia como detective, trazó un plan.

—Podemos usar esa conexión para localizar a Lucian —sugirió—. Si podemos encontrar la guarida de la secta, podemos sorprenderlos y detener sus planes antes de que se lleven a cabo.

Sofía insistió.

—Pero ya hemos buscado en distintos lugares —mencionó con desesperación.

Miguel intervino.

—No he buscado dentro de mi mente. Debe haber algo que se nos ha escapado —concluyó.

La sesión se prolongó hasta altas horas de la noche y, aunque tenían un plan en marcha, a medida que se preparaban para lo que vendría, una sensación de misterio y suspenso se cernía sobre ellos. La historia no había llegado a su conclusión y el destino de Miguel, Sofía y Ramírez en su lucha contra Lucian y los Lobos Oscuros aún era incierto. Lo que les depararía el futuro estaba por verse y los tres se dirigieron hacia lo desconocido con valentía y determinación.

En las calles de la ciudad de Monterrey, la oscuridad envolvía cada rincón con un velo de misterio. Las farolas parpadeaban, proyectando sombras inquietantes sobre las aceras. El detective Ramírez, Miguel y Sofía se adentraron en una parte más antigua y poco transitada de la ciudad, siguiendo un rumor sobre una hechicera que podría ayudarlos a interpretar los sueños de Miguel.

Miguel había estado experimentando sueños vívidos y perturbadores, en los que se enfrentaba al brujo oscuro Lucian, quien podía transformarse en hombre lobo a voluntad. Estos sueños tenían una conexión extraña con la realidad y Miguel sentía que su destino estaba ligado de alguna manera a Lucian.

La búsqueda llevó al grupo a una pequeña tienda de artículos esotéricos con una entrada cubierta de símbolos antiguos y adornada con hierbas secas y collares con amuletos. Al entrar, el ambiente se llenó de un olor a incienso y velas encendidas. En el fondo de la tienda, una hechicera muy anciana los esperaba, sus ojos brillando con una sabiduría profunda.

Ramírez, Miguel y Sofía se acercaron a la hechicera y Miguel le explicó los sueños inquietantes que había estado teniendo. La hechicera escuchó con atención mientras sus dedos arrugados rozaban una piedra blanca sobre el mostrador. Cuando Miguel terminó de hablar, ella sonrió de manera enigmática y comenzó a revelar los secretos detrás de los sueños.

—Los sueños de Miguel están conectados con el brujo oscuro Lucian —dijo la hechicera—. Lucian fue consumido por la maldición del hombre lobo hace siglos. Busca a un sucesor para transferirle su maldición y ha puesto sus ojos en Miguel.

Miguel se estremeció al escuchar eso, pero la hechicera continuó:

—Lucian no intenta matarte, Miguel, sólo busca herirte en la mano para pasarte la maldición. Quiere que asumas su papel como líder de los Lobos Oscuros y continúes su legado oscuro.

Sofía la interrumpió, preocupada por la seguridad de Miguel.

—¿Cómo podemos protegerlo? ¿Cómo podemos evitar que Lucian lo toque?

La hechicera reflexionó por un momento, luego respondió:

—El poder de esta piedra blanca puede proteger a Miguel de la maldición. Esta piedra proviene de una tribu indígena que adoraba a un dios lupino. Debe llevarla siempre consigo como amuleto.

La explicación dejó a Miguel perplejo. La idea de convertirse en el sucesor de Lucian lo llenaba de miedo y confusión. Las palabras de la hechicera pesaban sobre él como una carga imposible de soportar.

Sin decir una palabra más, Miguel salió huyendo de la tienda, adentrándose en la oscuridad de la noche. Sofía y Ramírez lo llamaron, pero Miguel desapareció en las sombras, dejando atrás un aire de inquietud.

Sofía y Ramírez miraron a la hechicera con preocupación, sabían que debían encontrar a Miguel antes de que Lucian pudiera alcanzarlo. La lucha contra el brujo oscuro estaba lejos de terminar y el destino de Miguel y su papel en la maldición del hombre lobo seguía siendo incierto.

Mientras tanto, la noche avanzaba, y en algún lugar de Monterrey, Lucian aguardaba, listo para llevar a cabo su plan. La trama se espesaba, y el destino de Miguel, Sofía y Ramírez se volvía cada vez más oscuro y peligroso. La historia aún no había llegado a su conclusión y el suspenso seguía en el aire, presagiando el próximo capítulo en la lucha de Miguel contra el brujo Lucian.

EL COMIENZO DE LA BATALLA

El motel de paso era un lugar oscuro y sombrío, ubicado en las afueras de la ciudad. Las paredes estaban gastadas y las luces parpadeaban, sumiendo el lugar en una penumbra inquietante. El viento susurraba entre los árboles cercanos, creando un ambiente de desolación que envolvía el establecimiento.

En una de las habitaciones, Lucian estaba de pie frente a un espejo empañado. Su mirada era fría y penetrante, y su rostro estaba marcado por una mueca de dolor. Revisaba una herida en su pecho mientras recordaba el enfrentamiento contra sus enemigos. Maldijo entre dientes y un hilillo de sangre roja brotó de su boca, manchando su camisa.

Sabía que su tiempo estaba llegando a su fin.

La herida era el resultado de su último enfrentamiento con Miguel, Sofía y el detective Ramírez, y a medida que se daba cuenta de su mortalidad, su deseo de pasar la maldición a Miguel se intensificaba. Si no lograba transferir el poder oscuro, su legado se perdería para siempre.

En un acto desesperado, Lucian contactó a Miguel a través de sus sueños. Susurró promesas de poder oscuro y dominio sobre la humanidad, le habló de los pactos demoníacos que podía hacer, de las ventajas de convertirse en un hombre lobo: fuerza sobrehumana, velocidad sin igual y la capacidad de infundir terror en los corazones de los hombres.

Miguel se despertó sobresaltado, sintiendo el eco de las palabras de Lucian resonando en su mente. Sabía que debía enfrentarse a su destino, pero aún no estaba dispuesto a aceptar la maldición.

Mientras tanto, Lucian salía de la habitación del motel, dejando atrás un rastro de sangre. Había asesinado a la recamarera y al encargado, y sus cuerpos yacían en el suelo, mutilados de manera espantosa. El motel estaba impregnado de un olor metálico y un silencio siniestro se apoderó del lugar.

Antes de marcharse, Lucian había escrito un mensaje escalofriante en la pared con la sangre de sus víctimas:

Nadie escapará, la noche del hombre
lobo está muy cerca.

Sus palabras eran una advertencia siniestra para cualquiera que se interpusiera en su camino.

Lucian se adentró en la oscuridad de la noche, listo para llevar a cabo su siniestro plan. El rastro de sangre que dejó atrás era sólo el comienzo de la carnicería que tenía planeada. La noche del hombre lobo se avecinaba y el destino de Miguel y de todos los que se cruzaran en su camino era incierto.

La mansión se alzaba imponente en el corazón del bosque, su fachada oscura devorada por las enredaderas que trepaban por sus paredes. La luna llena proyectaba una luz fría sobre el tejado gótico y las ventanas tapiadas, dando a la edificación un aspecto aún más siniestro.

Dentro de sus muros, los miembros de los Lobos Oscuros se reunían en un salón adornado con símbolos oscuros y velas negras. El líder, Lucian, presidía la ceremonia con una mirada intensa y un brillo malévolo en los ojos. Los miembros de la secta rodeaban a Lucian en un círculo, tenían las respiraciones entrecortadas y las miradas llenas de devoción ciega. Lucian, vestía una túnica oscura y sostenía un antiguo libro lleno de conjuros oscuros y un báculo tallado con figuras macabras.

El ritual estaba a punto de comenzar.

Con un tono grave, Lucian recitó palabras arcanas, invocando a las fuerzas más oscuras para sellar un nuevo pacto con Lucifer. Las velas temblaron y una brisa helada recorrió el salón. Lucian levantó el báculo antiguo hacia la luna llena y, con un gesto dramático, lo golpeó contra el suelo.

La energía oscura se desató en el aire, envolviendo a los seguidores de los Lobos Oscuros en una niebla espesa.

Los miembros de la secta comenzaron a transformarse, sus cuerpos retorciéndose y sus ojos brillando con un destello bestial.

Gritos de dolor y júbilo resonaron en la mansión mientras los hombres lobo emergían, llenos de furia y sed de sangre.

El infierno se desató en la ciudad de Monterrey cuando los hombres lobo salieron de la mansión y arrasaron con todo a su paso. La noche se llenó de gritos y caos mientras las fuerzas oscuras se adueñaban de las calles. La luna llena iluminaba el escenario de terror, mostrando la destrucción que los Lobos Oscuros estaban causando.

Lucian, empoderado por su pacto con Lucifer, sostuvo el báculo con firmeza e invocó a más fuerzas oscuras. El báculo era su arma más poderosa y con él planeaba herir a Miguel para transferirle todos sus poderes y convertirlo en su sucesor.

El momento había llegado. Lucian estaba preparado para enfrentar a Miguel, consciente de que la batalla entre ambos decidiría el destino de la ciudad. Mientras tanto, los hombres lobo continuaban su devastación y Monterrey caía en un abismo de oscuridad y muerte.

Mientras los hombres lobo continuaban causando estragos en la ciudad de Monterrey, Miguel se preparó para enfrentarse a Lucian en una lucha que determinaría el destino de todos. Sabía que debía actuar con rapidez para detener la ola de caos y destrucción que los Lobos Oscuros habían desatado.

Miguel reunió a sus aliados, Ramírez y Sofía, y juntos se dirigieron a la mansión en el bosque donde Lucian y sus seguidores llevaban a cabo sus rituales oscuros. El camino a través del bosque estaba iluminado por la luna llena, creando sombras que se movían como espectros entre los árboles.

Cuando llegaron a la mansión, Miguel y sus compañeros se adentraron con cautela en su interior. Miguel tría consigo la piedra blanca, para protección. Los aullidos de los hombres lobo resonaron en la distancia, creando una atmósfera de peligro inminente.

El salón estaba vacío, pero Miguel sabía que Lucian no estaba lejos.

De repente, Lucian apareció en el umbral del salón, sosteniendo el báculo antiguo con una sonrisa siniestra en su rostro.

—Miguel, has venido a enfrentarme —dijo Lucian. Su voz retumbó en las paredes de la mansión—. El momento ha llegado para que aceptes tu destino".

Miguel se mantuvo firme, quería proteger a Sofía y al detective Ramírez de los poderes oscuros de Lucian.

—No aceptaré tu maldición —respondió Miguel con valentía—. Y no permitiré que continúes tu reinado de terror.

La batalla comenzó de inmediato.

Lucian lanzó conjuros oscuros desde el báculo, intentando herir a Miguel y someterlo a su voluntad. Miguel esquivó los ataques con agilidad, utilizando la piedra blanca como escudo, buscando una oportunidad para atacar.

Sofía y Ramírez se enfrentaron a los seguidores de Lucian que salían de las sombras, defendiendo a Miguel con valentía. La mansión se llenó de gritos y destellos de magia oscura mientras la batalla se desarrollaba.

Los aullidos bestiales resonaron por los pasillos, mezclándose con los gritos de furia y el sonido de las armas chocando.

Miguel y sus aliados luchaban con valentía, tratando de contener la feroz embestida de los hombres lobo. El detective Ramírez se mantenía firme, disparando balas de plata que causaban dolor y confusión entre los atacantes. Sofía utilizaba su agilidad para evitar los golpes y asestar ataques certeros.

Sin embargo, Lucian desató su furia, atacando con una fuerza brutal, y la batalla alcanzó un clímax sangriento y mortal.

El detective Ramírez, consciente del peligro, se lanzó contra Lucian para proteger a Miguel. En un acto heroico, Ramírez logró distraer a Lucian, pero su valentía tuvo un costo devastador. Lucian, lleno de furia, atacó al detective con sus garras y lo derribó, desgarrando su cuerpo con violencia.

Miguel, conmocionado por la muerte de su amigo, gritó de dolor y rabia y soltó la piedra blanca que le había servido de amuleto. Sin embargo, Lucian no le dio tiempo para reaccionar, con un movimiento veloz lo agarró por el brazo y clavó el báculo antiguo en la mano de Miguel.

El dolor fue intenso y Miguel sintió cómo el poder oscuro y la maldición del hombre lobo fluían a través de él. Lucian, debilitado por la transferencia, sonrió con malicia antes de caer al suelo, exhalando su último aliento.

Había logrado su objetivo, pasando su legado a Miguel.

Sofía, horrorizada por la escena, corrió hacia Miguel, pero él ya no era el mismo. El poder oscuro se manifestaba en sus ojos y un aullido salvaje escapó de sus labios: ahora llevaba consigo la maldición del hombre lobo.

La batalla había terminado, pero las consecuencias apenas comenzaban. El detective Ramírez yacía muerto en el suelo, un héroe caído en la lucha contra el mal. Lucian había perecido, pero su legado vivía en Miguel, quien ahora debía enfrentar un destino incierto. Sofía sabía que Miguel necesitaría su ayuda más que nunca para resistir la maldición y controlar sus nuevos poderes.

La lucha continuaba y la mansión en el bosque había sido testigo de un enfrentamiento mortal que cambiaría el curso de sus vidas para siempre.

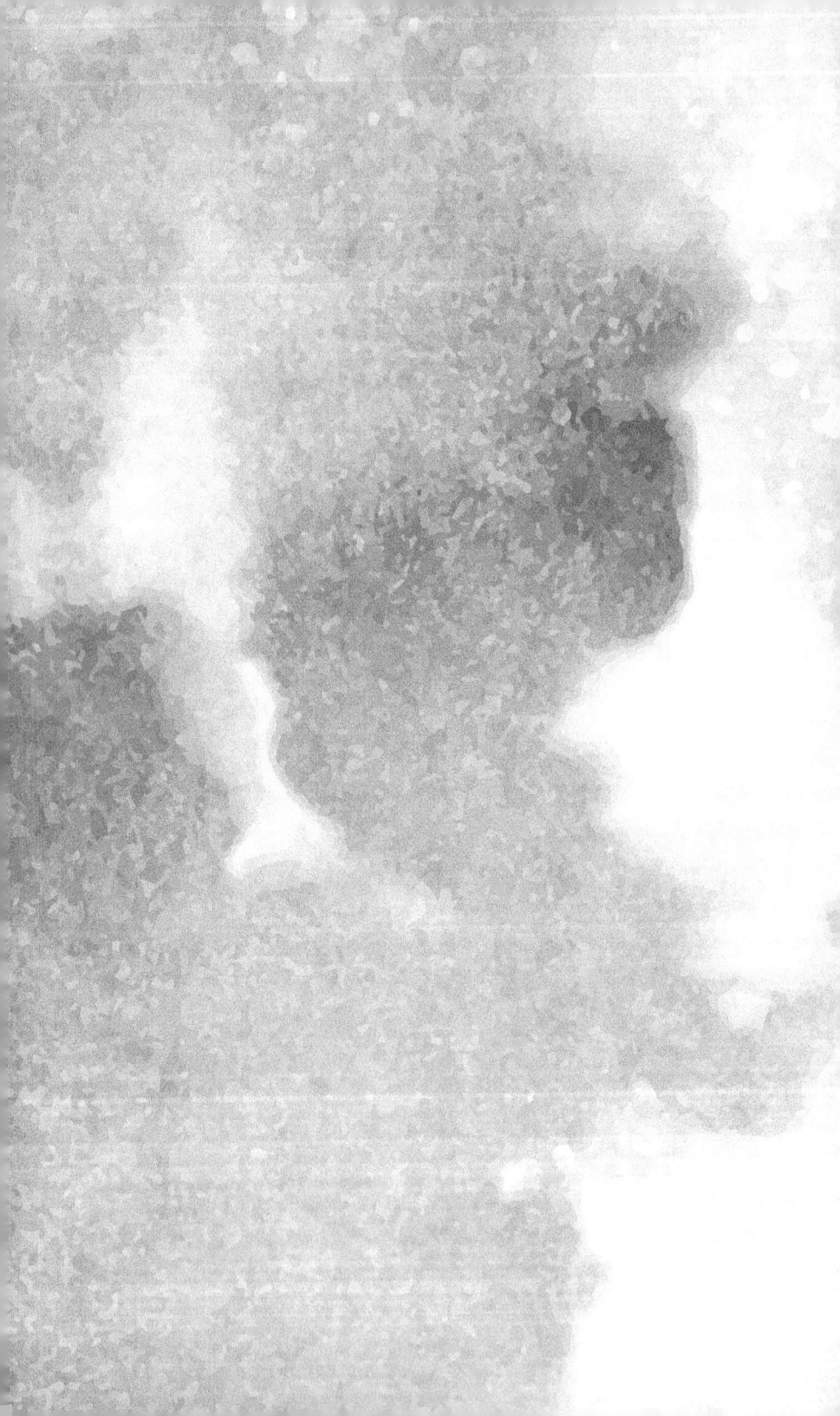

CUARTA PARTE
LA RESOLUCIÓN

CONSECUENCIAS DE LA BATALLA

El cementerio estaba envuelto en una neblina densa y la noche cubría el lugar con una capa de oscuridad profunda. Las lápidas, desgastadas por el tiempo, emergían de la tierra como dientes filosos, observando silenciosas el funeral que se llevaba a cabo en un rincón apartado del camposanto.

Los restos del detective Ramírez yacían en un ataúd cubierto de flores, símbolo de su valentía y sacrificio en la batalla contra los Lobos Oscuros. Alrededor del féretro, un grupo reducido de personas, amigos y colegas del detective se había reunido para darle su último adiós.

Sofía, amiga y compañera de aventuras de Ramírez, estaba junto al ataúd, sus ojos llenos de lágrimas y su rostro reflejando el dolor de la pérdida.

El viento susurraba entre los árboles, creando un murmullo inquietante que envolvía la escena con una atmósfera de tristeza y misterio.

A lo lejos, entre las sombras de los árboles, se encontraba Miguel. Observaba el funeral desde la penumbra, con un aire de tristeza y nostalgia en su semblante. Sabía que la muerte de Ramírez había sido una consecuencia trágica de la batalla contra los Lobos Oscuros, una batalla que Miguel ahora llevaba sobre sus hombros.

Consciente de su nuevo destino, luchaba por controlar los poderes oscuros que habían sido transferidos a él por Lucian. Aun así, no podía evitar sentir una conexión profunda con la luna llena que brillaba sobre el cementerio.

Cuando terminó el funeral y los presentes comenzaron a retirarse, Miguel se alejó entre las sombras y avanzó hacia el rincón más oscuro del cementerio. El dolor de su transformación comenzaba a apoderarse de él y la lucha interna entre su humanidad y la bestia que ahora habitaba en su interior se hacía más intensa.

De repente, Miguel lanzó un aullido a la luna, un grito desgarrador que resonó por todo el cementerio. Ante los atónitos ojos de Sofía y los demás asistentes, Miguel se transformó en un inmenso hombre lobo, su figura imponente destacándose entre las tumbas.

Con una última mirada de despedida hacia el ataúd de Ramírez, Miguel huyó en la oscuridad de la noche, su silueta perdiéndose entre los árboles y su aullido todavía resonando en el aire.

La escena dejó atrás un vacío doloroso, mientras Sofía observaba cómo su amado se desvanecía en la noche, sabiendo que la lucha de Miguel estaba lejos de terminar y que su destino ahora estaba entrelazado con el legado de los Lobos Oscuros.

CAMBIO DE PERSPECTIVAS

Miguel caminaba por las laderas del Cerro de la Silla con una mezcla de determinación y desesperación en su corazón. Los poderes oscuros heredados de Lucian ardían dentro de él, alimentados por la maldición del hombre lobo que se había apoderado de su cuerpo y mente. A cada paso, el sonido de su respiración entrecortada se mezclaba con el susurro del viento nocturno.

La luna llena colgaba en el cielo proyectando sombras alargadas sobre el terreno accidentado. Miguel avanzó con cautela, su figura oscura casi indistinguible en la penumbra de la noche. Buscaba la cueva donde todo había comenzado, el lugar donde Lucian había realizado sus rituales oscuros y desatado la maldición que ahora lo consumía.

El terreno se volvió más empinado y Miguel se apoyó en las rocas para mantener el equilibrio. Sus sentidos se agudizaban a medida que avanzaba, consciente de que los Lobos Oscuros estaban tras él, ansiosos por que se convirtiera en su nuevo líder. Sabía que no se detendrían hasta darle alcance.

De repente, Miguel percibió una presencia en la oscuridad, un olor familiar que hizo que sus instintos de hombre lobo se despertaran. Un aullido lejano resonó en el aire, seguido de otros más cercanos.

Los Lobos Oscuros estaban cerca y Miguel sabía que debía encontrar la cueva antes de que lo atraparan

Con renovada urgencia, Miguel trepó las rocas y finalmente llegó a la entrada de la cueva. El interior estaba envuelto en una penumbra espesa, pero Miguel pudo sentir una energía oscura emanando desde su interior. Con pasos cautelosos, se adentró en la cueva, su respiración resonando en el espacio estrecho.

El corazón de Miguel latía con fuerza mientras exploraba la cueva. Recordó las palabras de Don Anselmo, quien le había dicho que allí encontraría respuestas sobre su destino y la manera de liberarse de la maldición. Pero en lugar de respuestas, Miguel encontró símbolos oscuros grabados en las paredes y restos de rituales antiguos.

Los Lobos Oscuros estaban cerca, sus aullidos retumbaban en el exterior de la cueva. Miguel sabía que tenía poco tiempo antes de enfrentarse a ellos. La lucha interna entre su humanidad y la bestia que llevaba dentro se hacía cada vez más intensa.

Se sentía atrapado en un dilema: seguir buscando respuestas en la cueva o enfrentar a los Lobos Oscuros y aceptar su destino como su nuevo líder. La batalla por el control de su alma estaba lejos de terminar y su destino se cernía en un equilibrio precario.

En las calles antiguas de la ciudad de Monterrey, la noche caía como un velo oscuro, envolviendo cada rincón con una atmósfera de misterio y peligro. Las farolas arrojaban una luz tenue, creando sombras danzantes en los muros de piedra de los edificios históricos. Miguel caminaba con paso firme y silencioso, llevaba consigo un libro encuadernado en cuero, lleno de hechizos oscuros y magia negra.

Sus pensamientos estaban nublados por la batalla interna que libraba con la maldición del hombre lobo. El libro era su guía en esa lucha y esperaba que su amigo Don Anselmo pudiera darle respuestas. Se dirigía a la cantina, un lugar donde Don Anselmo pasaba gran parte de sus noches.

Al entrar en la cantina, Miguel notó que el ambiente era sombrío, con una mezcla de humo y el olor a licor impregnando el aire. Don Anselmo, con su cabello canoso y ojos cansados, lo esperaba en una mesa al fondo. Intercambiaron una mirada cargada de entendimiento y preocupación.

Miguel se sentó frente a Anselmo y le mostró el libro, señalando un símbolo mágico que había encontrado en sus páginas. Anselmo tomó el libro entre sus manos y lo examinó con detenimiento. Sus ojos se iluminaron con un destello de reconocimiento y, con un suspiro, comenzó a hablar.

— Este símbolo se conoce como la "luna maldita" —dijo Anselmo, su voz baja y grave resonando en la mesa—. Es un signo antiguo que representa la maldición del hombre lobo, pero también contiene la clave para liberarte de ella.

Miguel escuchó con atención mientras Anselmo continuaba explicando el significado del símbolo.

—Para eliminar la maldición, debes acabar con todos los miembros de la secta de los Lobos Oscuros en tu forma animal. Una batalla a muerte sin descanso será necesaria para exterminar a la secta y sus seguidores.

El anciano hizo una pausa para observar la expresión de Miguel y luego añadió:

—Sin embargo, hay un precio que pagar. Al concluir con la batalla, deberás renunciar para siempre a tu forma humana natural, y sólo podrás ser un hombre normal en los días en que no haya luna llena. Los demás días deberás perseguir a la estirpe de los hombres lobo que aún habitan en el mundo, pero podrás controlar y dominar tus instintos.

Miguel absorbió las palabras de Anselmo, consciente de que su destino estaba a punto de cambiar para siempre. Sabía que enfrentaría una batalla sin cuartel y que el precio de su libertad sería su humanidad en las noches de luna llena, pero también sabía que era la única forma de poner fin a la maldición que lo atormentaba. El destino de Miguel ahora estaba marcado por su enfrentamiento con los Lobos Oscuros.

La noche en Monterrey se volvía cada vez más oscura, presagiando el comienzo de una guerra entre hombres lobo que definiría el destino de Miguel para siempre.

EL FUTURO DE
MIGUEL Y SOFÍA

Miguel llegó a la casa de Sofía sin previo aviso. Su rostro reflejaba la ansiedad y el peso de lo que acababa de escuchar de Don Anselmo. La noche era fría y oscura y Miguel tocó a la puerta con manos temblorosas, sintiendo cómo la maldición del hombre lobo se cernía sobre él, susurrando amenazas en el viento nocturno.

Sofía abrió la puerta y se encontró con Miguel con la expresión llena de preocupación al ver su agitación. Sin preámbulos, Miguel le contó lo que Don Anselmo le había revelado en la cantina: la lucha a muerte que debía emprender contra los Lobos Oscuros y el precio que tendría que pagar para liberarse de la maldición.

Sofía escuchó con lágrimas en los ojos, su corazón palpitando con miedo por lo que Miguel tendría que enfrentar. Consciente de los peligros, se lanzó hacia él y lo envolvió en un abrazo apasionado. Miguel respondió con un beso lleno de amor y desesperación, ambos conscientes de la incertidumbre de su futuro.

Esa noche hablaron hasta altas horas, compartiendo sus temores y esperanzas. Sofía estaba decidida a apoyar a Miguel en su cruzada a pesar de los riesgos que eso implicaba. Sabía que su amor por Miguel era más fuerte que cualquier maldición.

Al día siguiente se dirigieron nuevamente a la cantina, donde Don Anselmo y otros ancianos conocedores de las artes oscuras los esperaban.

Los ancianos habían preparado un ritual de protección para Sofía, consciente de que ella se convertía en un objetivo vulnerable al ayudar a Miguel en su misión.

El ritual tuvo lugar en una habitación apartada de la cantina, con velas encendidas y símbolos oscuros trazados en el suelo.

Sofía se colocó en el centro del círculo mientras los ancianos recitaban conjuros y bendiciones para proteger su alma y su cuerpo.

Miguel observó con preocupación y esperanza mientras el ritual se llevaba a cabo, sabía que Sofía se estaba arriesgando, pero también comprendía que su apoyo sería crucial en la batalla contra los Lobos Oscuros y toda la estirpe de los hombres lobo del mundo.

El ritual concluyó cuando los ancianos sellaron la protección con un amuleto que Sofía debía llevar consigo en todo momento.

Don Anselmo entregó el amuleto a Sofía, su mirada grave, pero con una pizca de esperanza.

Con el ritual completado, Miguel y Sofía estaban listos para enfrentar su destino. Su amor y determinación eran su mayor fortaleza en la lucha que se avecinaba. Salieron de la cantina cuando la noche aún era oscura, pero un destello de luz brillaba en sus ojos, una señal de que estaban preparados para desafiar la maldición y salvarse mutuamente.

La cueva estaba sumida en una penumbra espesa, su interior lleno de símbolos oscuros grabados en las paredes de roca húmeda. La secta de los Lobos Oscuros se reunía alrededor de un altar improvisado donde una doncella estaba atada y aterrorizada, lista para ser sacrificada en honor a su deidad oscura.

Los miembros de la secta entonaban cánticos macabros mientras preparaban el ritual. La atmósfera era densa y estaba cargada de una energía malévola que hubiera erizado la piel de cualquiera que se atreviera a entrar. Sin embargo, justo cuando el ritual estaba a punto de comenzar, una figura imponente irrumpió en la cueva.

Miguel, en su forma de hombre lobo, se lanzó al interior de la cueva con furia en sus ojos amarillos. Estaba decidido a acabar con todos los miembros de la secta y poner fin a sus oscuros rituales. Los Lobos Oscuros se transformaron en hombres lobo en respuesta y atacaron en manada a Miguel.

La batalla fue feroz y sangrienta. Los hombres lobo embistieron a Miguel, tratando de derribarlo con sus poderosas mandíbulas y garras afiladas. Miguel resistió los golpes, utilizando su fuerza y agilidad para contraatacar. Sus aullidos resonaban en la cueva, anunciando su determinación de acabar con la secta.

Sofía, armada con dagas y la pistola con balas de plata del difunto detective Ramírez, se unió a la lucha junto a Miguel. Con precisión y valentía, disparó a los hombres lobo, debilitándolos y permitiendo que Miguel los rematara.

Juntos, Miguel y Sofía libraron una batalla despiadada contra los Lobos Oscuros. La cueva se llenó de gruñidos, aullidos y el sonido de los cuerpos golpeando el suelo. Uno a uno, los miembros de la secta cayeron, derrotados por la pareja.

Finalmente, la cueva quedó en silencio con los cuerpos de los Lobos Oscuros esparcidos por el suelo. Miguel, agotado pero victorioso, adoptó su forma humana. Sus ojos volvieron a su color normal y su respiración era pesada por el esfuerzo.

Sofía se acercó a Miguel, su rostro reflejaba alivio y amor. Liberaron a la doncella, quien les agradeció antes de huir de la cueva.

Miguel y Sofía, conscientes de que el peligro aún acechaba en las sombras, se tomaron de la mano y atravesaron la oscuridad de la noche, escapando de la cueva y dejando atrás la pesadilla que acababan de vivir.

EN CONTROL DE LA BESTIA

El aeropuerto de la ciudad de Monterrey estaba sumido en un ajetreo constante. Los pasajeros y el personal se movían apresuradamente bajo la luz brillante de los pasillos. Entre la multitud, Miguel y Sofía se abrieron paso con determinación, conscientes de la misión que los esperaba en los bosques de Escocia.

Llevaban maletas llenas de amuletos, libros de conjuros y hechizos oscuros que Don Anselmo y los ancianos les habían proporcionado. Los artefactos eran su arma contra la oscuridad, herramientas que les ayudarían a enfrentarse a la estirpe de hombres lobo que acechaba en aquellas tierras lejanas.

Miguel caminaba junto a Sofía, su semblante sereno y su mente atenta a la batalla interna que libraba. Sabía que la maldición del hombre lobo seguía presente en él.

La pareja abordó su vuelo, listos para emprender su nueva aventura. Los asesinatos y desapariciones en los bosques de Escocia eran señales claras de que algo oscuro estaba sucediendo en esas tierras. Miguel y Sofía estaban decididos a poner fin a la amenaza, persiguiendo a la estirpe de hombres lobo que aún vagaba por el mundo.

Miguel reflexionaba sobre su viaje. Sabía que enfrentarse a los hombres lobo en Escocia sería un desafío aún mayor, especialmente porque él mismo era uno de ellos. Sin embargo, estaba dispuesto a enfrentarse a su propia naturaleza para proteger a los inocentes y cumplir con su misión.

Sofía le ofreció una sonrisa reconfortante, mostrándole su apoyo incondicional. Sabía que Miguel llevaba una carga pesada, pero juntos eran más fuertes. Ella era su ancla, su compañera de aventuras y su razón para seguir adelante.

Juntos habían enfrentado desafíos inimaginables desde que la maldición del hombre lobo se había apoderado de él. Al principio había sido consumido por la bestia que habitaba en su interior, una criatura feroz que buscaba el control total. Pero Miguel pronto descubrió que el secreto para controlar a la bestia era abrazar su dualidad. En lugar de luchar contra su naturaleza, aceptó ambas partes de sí mismo: el hombre y el lobo. Esta aceptación le permitió acceder a una fuerza impresionante sin perder su humanidad por completo. La maldición del hombre lobo seguía ahí. Era inevitable. Sin embargo, con la ayuda de Sofía, la sabiduría de Don Anselmo y de los ancianos, Miguel había aprendido a dominar la bestia que llevaba dentro. Lo que una vez fue una fuerza descontrolada ahora era un poder bajo su voluntad. El proceso no había sido fácil; Miguel tuvo que enfrentarse a sus miedos más profundos y aprender a canalizar la energía oscura que lo envolvía.

Con el tiempo, utilizando conjuros antiguos y entrenando mucho, Miguel también aprendió a mantener a la bestia en calma durante las noches de luna llena, cuando sus instintos se volvían más intensos. Sofía fue fundamental en este proceso, proporcionándole apoyo emocional y ayudándolo a mantener el control en los momentos más difíciles.

A pesar de su éxito al domesticar a la criatura dentro de él, Miguel sabía que la bestia aún era una amenaza latente. Debía permanecer vigilante y no bajar la guardia, ya que el riesgo de perder el control siempre estaba presente. Tendría que seguir luchando para controlar a la bestia, dominarla por completo.

El avión despegó y mientras las luces de la ciudad se desvanecían en la distancia, Miguel y Sofía se prepararon mentalmente para lo que les esperaba. Sabían que la bestia dentro de Miguel era su arma más poderosa, pero también su mayor debilidad. La lucha contra la oscuridad estaba lejos de terminar y Escocia era sólo el próximo capítulo de su peligrosa misión.

Miguel miró a Sofía y sintió gratitud por tenerla a su lado. Ella era su ancla, su compañera de aventuras y la persona que le había ayudado a controlar su naturaleza oscura. Juntos se embarcarían en esta nueva aventura hacia Escocia, enfrentándose a nuevos desafíos y luchando contra los hombres lobo que acechaban en los bosques.

A medida que el avión ascendía hacia el cielo, Miguel prometió seguir luchando y usando su poder de hombre lobo de manera responsable. Sabía que su habilidad para controlar a la bestia sería crucial en los peligros que se avecinaban. Con Sofía a su lado, estaba listo para enfrentar su destino y proteger a los inocentes de la oscuridad que amenazaba el mundo.

Miguel cerró los ojos, sintiendo la presencia de la bestia en su interior. Prometió a sí mismo que seguiría luchando, controlando a la criatura y usando su poder para el bien. Junto a Sofía, se enfrentaría a cualquier desafío, sabiendo que juntos podrían combatir cualquier amenaza.

ACERCA DEL ING. CÉSAR ALFONSO VILLARREAL URBINA

¡Encuéntrame en mis redes sociales!

Facebook: Cesar.Villarreal.Urbina
Email: cvillarreal.ici@live.com.mx
Instagram: poncho_villarreal_84
X: ponchotriate
Teléfono: 52-81-3118-7123